Frédéric Lenoir

Das Geheimnis des Weinbergs

Frédéric Lenoir

Das Geheimnis des Weinbergs

»Denn wo euer Schatz ist,
da ist auch euer Herz«

Aus dem Französischen
von Carina von Enzenberg

Kabel

Die Originalausgabe erschien 2001 unter dem Titel
»Le secret« bei Éditions Albin Michel S. A. in Paris.

ISBN 3-8225-0637-0

Gesetzt aus der Bembo
Satz: Satz für Satz. Barbara Reischmann, Leutkirch
Druck und Bindung: Clausen & Bosse, Leck
Printed in Germany

www. kabel-verlag.de

»Denn wo euer Schatz ist,
da ist auch euer Herz.«

MATTHÄUS 6,21

EINS

I

Alles begann in der Nacht des 7. August.

Nach einem knapp halbstündigen Fußmarsch erreichte Pierre Morin die Hügelkuppe hoch über der Talmulde. Freudig erblickte er die alte Eiche, die dort oben seit jeher stand und an deren Stamm er sich so gern lehnte, um die wilde Schönheit der Natur zu bestaunen. Unten im Tal schlängelte sich ein von Pappeln und Weiden gesäumter Fluß. Dahinter stieg jäh ein undurchdringlicher Wald an. In der Ferne konnte man bei kaltem, trockenem Wetter die Bergspitzen erkennen.

Ein abschüssiger Acker trennte die einsame Eiche vom Fluß. Er lag größtenteils brach, seit die Reblaus fast das gesamte Weinbaugebiet Südfrankreichs vernichtet hatte. Man nannte ihn »Steinacker«, denn früher war er von unzähligen Steinbrocken übersät gewesen, die die Bauern nach und nach in der Mitte zu einer Art *Cairn*, einem riesigen keltischen Hügelgrab, zusammengetragen hatten, um an den sonnenbeschienenen Hängen Weinreben anzupflanzen. Inzwischen war das Feld von dornigem Gestrüpp überwuchert, und nichts deutete mehr darauf hin, daß es je von Menschenhand bewirtschaftet worden war. Sogar die alten, verwahrlosten Rebstöcke hatte man dem Wildwuchs überlassen.

Gegen den knorrigen Stamm der Eiche gelehnt, aß Pierre Morin ein paar Bissen Schwarzbrot und trank einen kräftigen Schluck Wein. Die Heuernte war beendet, der junge Mann von der Mahd und dem heißen Tag erschöpft. Blinzelnd genoß er die Sonne, die den Horizont rot färbte. Rund zwei Monate war er nicht mehr auf dem Steinacker gewesen, und deshalb nahm er nun diesen Blick, den er so sehr liebte, tief in sich auf.

Sein Wunsch, mit der Natur allein zu sein, war den Dorfbewohnern schon immer verdächtig vorgekommen. Seit seiner Kindheit streifte er Tag und Nacht auf den Feldern und in den Wäldern umher und mußte deshalb so manche Stichelei ertragen. Doch das kümmerte ihn nicht weiter. Kaum läutete zum Unterrichtsende die Schulglocke, lief Pierre aus dem Dorf, überquerte die kleine Steinbrücke und rannte zum Fluß. Dort zog er hastig den engen Schulkittel aus, warf die Hefte ins hohe Gras und kletterte flink auf einen Baum oder hockte sich ans

Ufer, um in den Biegungen des Baches nach kaum wahrnehmbaren Lebensformen zu forschen.

Die Welt der kleinen Tiere hatte es ihm angetan. Schon als Kind vertrieb er sich die Zeit damit, ein paar Quadratzentimeter Moos zu Füßen eines alten Baumstamms zu beobachten, weil ihn die unermüdliche Emsigkeit der Insekten faszinierte. Er folgte einer Ameise, die den Kadaver eines Käfers fortschaffte, und staunte darüber, daß sie so mir nichts, dir nichts ein Vielfaches ihres eigenen Gewichts tragen konnte. Stieß die Ameise auf ein unüberwindbares Hindernis, war es Pierre eine Freude, den Stein oder das Zweiglein, das ihr den Weg versperrte, beiseite zu räumen. Er begleitete sie Dutzende von Metern, bis sie schließlich einen Eingang des Ameisenhaufens erreichte. Dort erlebte er, wie die unzähligen Kriegerinnen die Ankunft der Jägerin beäugten, während die Arbeiterinnen um die Beute herumwuselten und sich dann gewissenhaft daranmachten, sie ins Innere der kleinen Erdhöhle zu befördern.

Besonders liebte Pierre es, sich am Fluß im Gras auszustrecken, die Augen zu schließen und dem Gesang der Natur zu lauschen. Das vorbeifließende Wasser sorgte für ein stetiges Rauschen, zu dem sich eine Vielzahl unterschiedlichster Stimmen gesellte: der spitze Schrei des Buchfinks, das Pfeifen des Winds im Blattwerk der Pappeln, das Piepsen der Meisen, das zarte Zirpen einer Heuschrecke. Manchmal ging er in dieser ländlichen Symphonie so auf, daß er das Gefühl hatte, mit dieser Klangwelt zu verschmelzen, und ihm jegliches Bewußtsein seiner selbst abhanden kam: Er wurde eins mit dem Wasser, dem Wind und dem Vogelzwitschern. Er war nicht länger *in* der Natur, er *war* die Natur.

Pierre erkannte sehr rasch, daß der Mensch die größte Gefahr für diese kleinen Kreaturen darstellte, die ihm so lieb geworden waren. Wiederholt legte er sich mit seinen Schulkameraden an, wenn er sie dabei erwischte, wie sie einer wehrlosen Libelle die Flügel ausrissen oder kräftig gegen einen Ameisenhaufen traten. Den Tierchen wurde dadurch nicht nur unnötiges Leid zugefügt, sondern obendrein hatte Pierre ihre anmutigen Bewegungen und die Vielschichtigkeit ihrer Lebensweise lange genug beobachtet, um in solchen Handlungen nichts als verachtenswerte, barbarische Akte zu sehen.

Sein Verhalten brachte ihm eine Menge Ärger mit den anderen Kindern in der kleinen Dorfschule ein. Die Lage spitzte sich zu, als Pierre elf Jahre alt wurde. Eines Tages zeigte er einem Kameraden einen herrlichen Bienenschwarm, der im Stumpf eines alten, entwurzelten Baums nistete. Er hatte die geschäftigen Bienen wochenlang beobachtet und es sogar geschafft, sich dem Schwarm so behutsam zu nähern, daß sie ihn den honigtriefenden Stock bestaunen ließen und ihn umschwirrten, ohne über ihn herzufallen. Am darauffolgenden Sonntag wurde Pierre von einem knappen Dutzend Kindern zu der Stelle gezerrt und an einen Baum in wenigen Metern Abstand von dem Stumpf gefesselt, den sie in Brand steckten. Er mußte mit ansehen, wie Hunderte von Bienen panisch versuchten, den Flammen zu entkommen. Ihm war, als könne er sie verzweifelt schreien hören, und er wurde von schrecklichen Schuldgefühlen geplagt, weil er sie durch die Preisgabe ihres Verstecks verraten hatte. Rasend vor Schmerz und Wut, befreite er sich von seinen Fesseln und stürzte zum Brandherd, wo die Flammen bereits meterhoch aufzüngelten. Seinen Schulkameraden, die sich anfangs noch über ihn lustig machten, wurde rasch klar, daß er allein nicht mehr aus den dichten Rauchschwaden herauskommen würde. Also preßten sie sich schützend ihre Taschentücher auf den Mund und zogen ihn an den Füßen heraus. Durch den Sauerstoffmangel hatte Pierre schnell das Bewußtsein verloren. Sein Körper war mit Bienenstichen übersät. Die Kinder trugen ihn zurück ins Dorf, doch er mußte zur Behandlung in die Stadt gebracht werden. Der Arzt meinte, er könne von Glück reden, daß er mit dem Leben davongekommen sei, und verordnete ihm eine Woche Bettruhe. Paul Austan, der Dorfschullehrer, hielt den Anstiftern eine saftige Standpauke und nutzte Pierres Abwesenheit, um der Klasse zu erklären, daß der junge Morin »anders« sei, daß er »großes Mitgefühl mit den Tieren« besitze und man ihm nicht länger das Leben schwermachen dürfe.

Dieser Vorfall isolierte den Jungen noch mehr von den anderen Dorfkindern. Zum einen, weil die meisten von ihnen zur Strafe die wohl deftigste Tracht Prügel ihres Lebens erhielten, und zum anderen, weil Pierre das Vertrauen in seine Mitmenschen verloren hatte. Wenn er nicht in der Schule oder bei der Feldarbeit war, streifte er ziellos durch die Wälder, folgte stundenlang dem Lauf eines Bachs oder betrachtete von einem Hügel aus den Horizont. Auch schlief er so manches Mal unter freiem Himmel.

Seine Mutter Emilie Morin, bei der er lebte, machte sich anfangs Sorgen, doch irgendwann fand sie sich mit der Unabhängigkeit und der Vorliebe ihres Sprößlings für nächtliche Streifzüge ab. Einen Stich versetzte ihr allerdings seine standhafte Weigerung, später in der Stadt die höhere Schule zu besuchen. Emilie, die als einfache Magd auf einem Bauernhof arbeitete, hatte nämlich eisern gespart, um ihrem einzigen Sohn einen Platz im Pensionat bezahlen zu können. Aber Pierre hatte die Wälder und die Landarbeit schon immer der Algebra und der Grammatik vorgezogen.

Vor kurzem war er neunzehn Jahre alt geworden, und er konnte sich keine andere Zukunft vorstellen, als in ihrem Dorf bescheiden von der Saisonarbeit zu leben. Das reichte ihm voll und ganz zu seinem Glück.

Am Abend des 7. August hatte er also den Feldern den Rücken gekehrt, doch statt nach Hause zu gehen, hatte er den alten Fußweg eingeschlagen, der vom Dorf in Serpentinen zum aufgegebenen Weinberg hinaufführte. Während er sein karges Abendbrot verzehrte, verschwand die Sonne am Horizont. In knapp zwei Stunden würde es dunkel sein. Mit geschlossenen Augen saß er da und genoß die zur Dämmerung einsetzende Abkühlung. Er hörte die Vögel im Blattwerk der Eiche zwitschern. Lächelnd sagte er sich, daß bestimmt auch sie sich nach einem weiteren stickigen Tag über die milde Luft freuten.

Langsam ließ er vor seinem geistigen Auge eine Reihe von schönen Bildern Revue passieren. Paulines hübsches Gesicht drängte sich in den Vordergrund. Er kannte die zweitälteste Tochter des Cafébesitzers von Kindesbeinen an. Etwas älter als sie, hatte er sie aufwachsen gesehen und erlebt, wie sie im Lauf der Jahre immer schöner wurde. Sie war regelrecht erblüht, und die Klarheit ihrer Züge zusammen mit ihrem aufrichtigen, fröhlichen Wesen hatte genügt, um Pierres Herz zu erobern. Pauline hatte ihm jedoch nie besondere Aufmerksamkeit geschenkt. Da er es nicht über sich brachte, sie anzusprechen, hatte er zu Beginn des Sommers eine seltsame Gewohnheit angenommen: Jeden Samstagabend legte er dem Mädchen ein kleines Geschenk, das er von seinen Ausflügen mitbrachte, ans Fenster. Mal pflückte er ein Sträußchen Wiesenblumen; mal las er ein Stück Holz oder einen eigentümlich geformten Stein auf; mal bastelte er aus getrockneten Blumen, deren Stengel er um zarte, ineinander verflochtene Efeuranken schlang, eine Halskette oder ein Armband. Sobald es dunkel wurde, legte er sein Mitbringsel auf Paulines Fensterbrett, zu dem er spielend gelangte, indem er eine Linde hochkletterte, die der Großvater der jungen Frau genialerweise dicht am Haus, auf der Rückseite des Cafés, gepflanzt hatte.

Pauline wunderte sich über die merkwürdigen Geschenke, die sie jeden Sonntagmorgen vorfand, wenn sie die Vorhänge aufzog. Offen gestanden schätzte sie ihren bukolischen Charakter, von dem einen oder anderen Sträußlein abgesehen, nicht sonderlich. Einer von den Gegenständen, welche die fliegenden Händler allmonatlich auf dem Dorfplatz feilboten, wäre ihr lieber gewesen. Trotzdem rührten sie diese Beweise der Zuneigung, und sie brannte darauf, den Namen ihres heimlichen Verehrers zu erfahren.

Pauline gefiel allen jungen Männern im Dorf, doch es war nichts darüber bekannt, ob sie bereits einen von ihnen erhört hatte. Schon seit längerem fühlte sie sich zu François Farnet, dem Sohn des Straßenwärters, hingezogen, der jedoch in die Stadt gegangen war, um dort die höhere Schule zu besuchen. Die räumliche Entfernung, die Intelligenz sowie die Strebsamkeit des jungen Mannes hatten seine Anziehungskraft auf Pauline noch verstärkt, die seit seinem Fortgang fürchtete, ihn vollends zu verlieren. Er hatte gerade das Abitur gemacht und war für den Sommer zu seinen Eltern zurückgekehrt, bevor er in eine noch größere, noch weiter entfernte Stadt ziehen wollte, um Jura zu studieren. Pauline hatte festgestellt, daß die ersten Geschenke wenige Tage nach seiner Rückkehr ins Dorf aufgetaucht waren, und deshalb war sie überzeugt, daß er dahintersteckte. Das schürte ihre Gefühle für François noch.

Natürlich hatte Pierre keine Ahnung, was in Paulines hübschem Köpfchen vor sich ging. Seit Jahren beherrschte sie seine Träume, und damit hatte er sich lange Zeit zufriedengegeben. Sein jüngster Einfall, ihr Geschenke zu machen, war dem Wunsch entsprungen, ihr seine Empfindungen für sie zu zeigen und herauszufinden, was sie für ihn fühlte.

Er wollte auf dem verlassenen Weinberg nach einem ungewöhnlichen Gegenstand suchen, den er seiner Freundin schenken konnte. Also ließ er seinen Beutel am Fuß der großen Eiche liegen und schritt langsam den Acker ab. So gelangte er zu der kleinen steinigen Insel, die von Brombeerranken überwuchert war. Er betrachtete den von Pappeln und Weiden gesäumten Fluß. Die Wipfel der Bäume waren ins sanfte Licht der untergehenden Sonne getaucht. Doch am meisten gefiel ihm der Blick auf den dichten, urwüchsigen Wald, der sich auf der anderen Seite des Tals bis ins Unendliche auszudehnen schien.

Auf einmal verspürte er den unerklärlichen Drang, zum Wasser hinunterzulaufen. Er kletterte von dem riesigen Hügelgrab hinab und stürmte mit halbgeschlossenen Augen und ausgebreiteten Armen, sich der erfrischenden Liebkosung des Windes hingebend, über den unteren Teil des Ackers. Plötzlich stieß er mit dem Fuß gegen ein Hindernis, schlug etwa dreißig Meter vom Fluß entfernt heftig zu Boden und verlor das Bewußtsein.

Ein kleines Mädchen, das sich hinter einer Baumgruppe versteckt hatte, beobachtete den Vorfall aus der Nähe, doch die Kleine rührte sich nicht.

2

In der ersten Nacht machte sich Emilie Morin noch keine allzu großen Sorgen. Für sie war es nichts Neues, daß ihr Sohn draußen schlief. Ihre Beunruhigung wuchs jedoch, als er sich auch tagsüber nicht blicken ließ. Trotzdem erledigte sie wie gewohnt ihre Arbeit. Am Abend des 8. August stieg ein dumpfes Angstgefühl in ihr hoch, das ihr die Brust zuschnürte. Ihr Mutterinstinkt sagte ihr, daß etwas nicht stimmte. Sie wußte allerdings nicht, was sie tun sollte, denn Pierre verriet nie, wohin er ging. Also beschloß sie, am nächsten Morgen die Dorfbewohner zu befragen.

Sechstes Kind einer Arbeiterfamilie, war Emilie mit dreizehn Jahren als Kellnerin im Landgasthof eines entfernten Cousins untergebracht worden. Als sie zu einer attraktiven jungen Frau mit feinen Gesichtszügen und üppigen Rundungen heranwuchs, begannen die Männer, sie mit Blicken zu verschlingen. Ihre schiere, ebenso diskrete wie aufreizende Anwesenheit gab Anlaß zu mehreren Schlägereien, bei denen ein Schaden von insgesamt dreihundert Francs angerichtet wurde. Dann wurde sie mit Pierre schwanger. Für den Gastwirt war das eine Tragödie, denn er hatte Emilie seinem Hauptgläubiger, einem reichlich betagten Witwer, versprochen, der sich sicherlich zu einem kleinen Schuldenerlaß bereiterklärt hätte, so sehr hatte ihn die Aussicht auf eine Heirat mit der jungen Frau aufgemuntert. Doch die Tatsache, daß nun ein Kind unterwegs war und Emilie den Namen des Vaters allen Drohungen und Beschimpfungen zum Trotz nicht preisgeben wollte, ließ den schönen Plan platzen. Es handelte sich um einen Durchreisenden, der ursprünglich nur für eine Nacht in der bescheidenen Herberge abgestiegen und dann doch mehrere Tage geblieben war, ohne daß jemand wußte, warum.

Jean Rivière, ein junger Journalist aus Paris, war in den Süden Frankreichs gereist, um den Prozeß gegen einen Schwerverbrecher zu verfolgen. Als er nach Paris zurückritt, wurde er von einem Unwetter überrascht und suchte Zuflucht in dem Landgasthof, in dem Emilie arbeitete. Er verliebte sich auf der Stelle in die junge Kellnerin, und auch ihm gelang es, ihr Herz zu erobern. Sie verbrachten die letzte Nacht miteinander. Es waren die schönsten Augenblicke in Emilies Leben.

Da Jean am nächsten Tag weiterreisen mußte, hinterließ er ihr seine Adresse und schenkte ihr seinen goldenen, mit seinen Initialen verzierten Siegelring. Er versprach, sie in ein paar Monaten besuchen zu kommen. Emilie stellte bald fest, daß sie schwanger war. Ihr Cousin weigerte sich daraufhin, sie bei sich zu behalten, und schlug ihr vor, zu ihren Eltern zurückzugehen. Diese Vorstellung setzte der jungen Frau jedoch zu, denn sie wußte, daß sie mit einem Kind im Leib nicht nach Hause zurückkonnte. In ihrer Verzweiflung vertraute sie sich Abbé Garance an, dem alten Dorfpfarrer, der Mitleid mit dem einfachen, aufrechten Mädchen hatte. Er verfiel auf die Idee, sie in die Obhut eines jungen Kollegen namens Abbé Lucien Sève zu geben, der soeben zum Pfarrer einer kleinen Gemeinde ernannt worden war, die rund zwanzig Meilen entfernt lag und in der niemand Emilies Vorgeschichte kannte. Um ihr jede Schmach zu ersparen, führte der Abbé Emilie bei den Dörflern als junge, seit ein paar Monaten schwangere Witwe ein, die ihm von ihrer Mutter ans Herz gelegt worden sei. Er brachte Emilie bei Marcel und Rose Fougasse unter, einem kinderlosen Paar, bei dem sie niederkam. Emilie arbeitete hart auf dem Hof und den Feldern der Fougasses, aber sie schätzte die Bauersleute, denn sie hatten ihr eine alte Kate gleich neben dem Bauernhof zur Verfügung gestellt, gaben ihr zu essen und zahlten ihr als Lohn ein paar Sous, die Emilie im Hinblick auf ein späteres Studium ihres Sohnes gewissenhaft zur Seite legte. Von tatkräftigem, zuversichtlichem Naturell, war sie mit ihrem Los rundum zufrieden und summte zu Pierres großer Freude von morgens bis abends Liedchen vor sich hin.

Sie konnte Jean Rivière nicht vergessen. Zu Beginn der Schwangerschaft hatte sie mit Hilfe von Abbé Garance einen Brief an ihren Liebsten aufgesetzt. Aus Angst, ihn mit dem Kind zu behelligen oder seine Karriere zu gefährden, wagte sie jedoch nicht, den Brief abzuschicken, sondern faßte am Ende den Entschluß, Jean nie wiederzusehen. Sie versteckte den Brief zusammen mit dem Siegelring, den sie sorgsam aufbewahrt hatte, hinter einem losen Stein in der Wand der alten Kate. Manchmal, wenn sie sicher war, daß niemand sie stören würde, zog sie den Stein heraus, nahm den Ring an sich und drückte ihn an ihr Herz. Während des restlichen Tages lag dann ein besonderer Glanz in ihren Augen.

Mit etwa sieben Jahren überraschte Pierre seine Mutter einmal bei ihrem heimlichen Ritual, ohne daß sie es jedoch merkte. Da er sich nicht traute, ihr Fragen zu stellen, zog er wenig später selbst den Stein aus der Wand und entdeckte den versiegelten Brief sowie den goldenen Ring. Fasziniert von der Schönheit des Schmuckstücks, aber mehr noch von der seltsamen Beglücktheit, die es seiner Mutter zu bescheren schien, schrieb er dem Gegenstand magische Kräfte zu. Von da an ging er ihn immer wieder im verborgenen bestaunen. Außerdem hatten die Initialen J. R., die den Siegelring zierten, seine Neugier geweckt, und er fragte sich, was für eine geheimnisvolle Persönlichkeit sich hinter ihnen verbergen mochte. Er erfand Hunderte von Namen und dachte sich für jeden einen Träger mit einem außergewöhnlichen Lebenslauf aus. Später, als er lesen und die Adresse auf dem Kuvert entziffern konnte, begriff er, daß es sich um Jean Rivière handelte. Wer war dieser Mann, dessen Ring seine Mutter wie einen Schatz aufbewahrte und dem sie diesen Brief nie geschickt hatte? War er sein Vater, von dem sie behauptete, er sei tot, und über den sie nie ein Wort verlor? Obwohl er oft darauf brannte, Emilie danach zu fragen, wußte er in seinem Innersten, daß seine Mutter dieses Geheimnis für sich behalten mußte.

Da Emilie sich standhaft weigerte, über Pierres Vater zu sprechen, wurde sie von den meisten Dorfbewohnern nie wirklich akzeptiert. Mit Ausnahme des Pfarrers, der Emilie schon bald als frommes Gemeindemitglied schätzte, war sie, die Frau, von der man nicht wußte, woher sie kam, und die das Kind eines ominösen Vaters ausgetragen hatte, den meisten nicht geheuer. Die Dörflerinnen fürchteten um ihre Männer, und die Männer wußten, daß sie bei Emilie nie würden landen können. So wurde Emilie zur Zielscheibe ihrer Häme und schäbigen Unterstellungen.

An diesem Augustmorgen stand Emilie wie üblich bei Tagesanbruch auf, um die Ziegen zu melken. Ihr fiel auf, daß ihre Hände leicht zitterten, und sie war außer sich, weil sie das Zittern nicht in den Griff bekam. Anschließend lief sie zu den Bauersleuten hinüber und erkundigte sich, ob sie wüßten, wohin Pierre zwei Tage zuvor gegangen sei. Dieselbe Frage stellte sie den Nachbarn, und sie begab sich sogar ins Dorf, um beim Cafébesitzer und ein paar alten Weibern nachzufragen, denen gewöhnlich nichts entging. Doch niemand hatte gesehen, welche Richtung Pierre eingeschlagen hatte. Emilie betrat die Kirche, um eine Kerze anzuzünden, und verbrachte ihre wenige Freizeit damit, die gefährlichen Orte in der Umgebung abzusuchen. Vergebens. Als der Abend dämmerte, wußte das ganze Dorf, daß Pierre seit zwei Tagen verschwunden war, und die Spekulationen über die Ursachen seines Fortbleibens schossen ins Kraut. Die einen, denen seine Zuneigung für die Tochter des Cafébesitzers aufgefallen war, mutmaßten, daß er sich vielleicht aus Liebeskummer verdrückt hatte. Andere überlegten, ob ihn womöglich die Sehnsucht nach seiner wahren Heimat fortgezogen hatte. Doch im Grunde waren alle davon überzeugt, daß der junge Mann seine Mutter zu sehr liebte, um sich davonzumachen, und daß ihm etwas zugestoßen sein mußte.

Um dieselbe Zeit suchte ein kleines Mädchen, das in einem Haus neben dem Hof der Fougasses wohnte, Emilie auf. Die Kleine gab ihr mit dem Kopf ein Zeichen und brachte sie zu dem Pfad, der zum Steinacker führte. Emilie begriff, daß Pierre diesen Weg am Abend seines Verschwindens eingeschlagen haben mußte. Hilfesuchend eilte sie zum Pfarrer. Abbé Sève war gerade im Begriff, einen köstlich duftenden Eintopf zu verspeisen, und deshalb zeigte er sich über Emilies Besuch äußerst ungehalten, doch nachdem er seine schlechte Laune überwunden hatte, holte er Victor Roucas, den Eigentümer des aufgelassenen Weinbergs – einen grobschlächtigen Bauern, der nur widerstrebend mitkam –, sowie Isidore Lambert, einen ehemaligen Gendarm, zur Verstärkung.

Mit einer Fackel, einem Fläschchen Schnaps, einer Feldflasche und ein wenig Proviant ausgerüstet, folgten Emilie und die drei Männer dem schweigsamen kleinen Mädchen.

Die Kleine war mit achtzehn Monaten von ihren Großeltern aufgenommen worden. Sie hatte ihre Eltern verloren, als ihr Haus niedergebrannt war, doch sie schien keine Erinnerungen an das Unglück zu haben, bei dem sie selbst wie durch ein Wunder mit dem Leben davongekommen war. Schon als Kleinkind zeigte sie Anzeichen einer bemerkenswerten Intelligenz. Eines jedoch brachte ihre Großmutter, eine hartherzige, herrische Frau, zur Verzweiflung: ihre unverbrüchliche Zuneigung zu einem Schaf, das sie zur Welt hatte kommen sehen. Vor kurzem war die Kleine fünf Jahre alt geworden, und sie verbrachte all ihre Tage mit dem Schaf, das zudem der liebste Spielgefährte des Haushundes, eines riesigen Hirtenhundes, geworden war. Die Kleine juchzte vor Freude, wenn sie sah, wie sich Schaf und Hund im Gemüsegarten jagten. Dieses Spielchen, das das Kind so lustig fand, machte die Großmutter rasend, weil die beiden Schlawiner dabei regelmäßig ihre Tomatenstauden und Salatbeete verwüsteten. Da seine Enkelin ein Protestgeheul anstimmte, als er erwog, das Schaf fortzugeben, band der Großvater das Tier an einen Pflock, den er fest in den Boden rammte. Das Schaf versank daraufhin in einer Art Depression und zog auch seinen Spielkameraden in eine tiefe Melancholie. Zur großen Freude des kleinen Mädchens gelang es dem Hund schon bald, den Pflock herauszureißen, und die beiden Vierbeiner setzten ihre ausgelassene Herumtollerei im Gemüsegarten fort.

Der Pflock, der am Seilende bedrohlich wie ein Dreschflegel herumwirbelte, richtete beträchtlichen Schaden an. Die Großmutter kochte vor Wut. Der Hund wurde verprügelt und an die Kette gelegt. Das Schaf verschwand. Das kleine Mädchen wagte nicht, seine Großeltern zu fragen, was aus ihm geworden war. Doch nach einer Woche konnte es nicht länger an sich halten: Beim Sonntagsmahl nahm es seinen ganzen Mut zusammen: »Großmutter, ich hab das Schaf gemocht.« Die alte Frau blickte vielsagend auf die Kasserolle mit dem Ragout und erwiderte trocken: »Na, dann nimm noch mal davon.«

Es dauerte einen Moment, bis die Kleine die grausame Wirklichkeit begriff. Sie stieß einen schmerzerfüllten, nicht enden wollenden Schrei aus und stürzte in den Garten, um sich zu übergeben. Danach beschloß sie, nie wieder ein Wort zu sagen. Deshalb wurde sie fortan »die Stumme« genannt.

Heute war sie ungefähr zehn Jahre alt, und da man sie immer nur »die Stumme« genannt hatte, war ihr richtiger Name so gut wie in Vergessenheit geraten. Sie ging nicht zur Schule. Ihre Großeltern schämten sich einzugestehen, was tatsächlich vorgefallen war. Sie erklärten ihr plötzliches Verstummen mit einem angeblichen Schwelbrand im Kamin, der die Kleine offenbar an den tragischen Tod ihrer Eltern erinnert hatte.

Von da an verbrachte sie die meiste Zeit im Freien und hütete die wenigen Schafe, die ihre Großeltern besaßen. Menschen mied das Naturkind, mit Ausnahme von Pierre, den es oft auf seinen Spaziergängen begleitete. Die Grausamkeit ihrer Großeltern hatte zur Folge, daß die Kleine die Gesellschaft von Tieren der ihrer Mitmenschen vorzog. Auch zu Pierre wahrte sie stets eine gewisse Distanz und antwortete nie auf seine Fragen. Er hatte sich nach und nach an seine merkwürdige Begleiterin gewöhnt. Oft saßen oder lagen sie mit mehreren Metern Abstand nebeneinander im Gras und teilten ihre Freude darüber, den Klängen der Natur zu lauschen und sich in ihnen zu verlieren.

Der kleine Trupp erreichte das Ende des beschwerlichen Weges gerade, als die Sonne am Horizont unterging. Die Stumme zeigte mit dem Finger zu der Stelle, wo Pierre lag, und lief davon. Victor Roucas entdeckte als erster den jungen Mann, der am unteren Teil des Hangs an einer Trauerweide niedergesunken war. Sie eilten zu der reglosen Gestalt am Fuß des Baums. Emilie, die ihren Sohn zuerst erreichte, war unendlich erleichtert, als sie feststellte, daß er lebte. Er atmete und hatte die Augen weit aufgerissen, sagte jedoch kein Wort. Getrocknetes Blut und eine riesige Beule verunzierten seine schmutzige Stirn. Seine Hände waren aufgeschürft. Isidore Lambert reinigte seine Wunden mit einem schnapsgetränkten Tuch. Da richtete Pierre sich auf und murmelte: »Es ist nichts weiter … Ich bin über einen dummen Baumstumpf gestolpert … Ich habe das Bewußtsein verloren … Als ich wieder zu mir kam, war ich zu schwach, um zurück ins Dorf zu gehen.«

Allein Emilie fiel auf, daß in seinem Blick ein neuer, rätselhafter Ausdruck lag, ein unerklärliches

Leuchten, das sie an das innige Glücksgefühl erinnerte, welches sie selbst jedesmal verspürte, wenn sie an ihr Versteck ging. Da wurde ihr klar, daß Pierre ihnen das Wichtigste verschwieg, aber sie sagte nichts.

3

»Hast du dich in den zwei Nächten, die du im Freien verbracht hast, auch nicht erkältet?« fragte ihn Emilie, sobald sie in der Wohnstube ihrer Kate allein waren.

»Nein, mir geht es sehr gut«, antwortete er in einem Tonfall, der beruhigend klingen und ihm jede weitere Frage ersparen sollte.

Emilie ließ einige Minuten vergehen und streichelte behutsam die verwundete Stirn ihres Sohnes, dann sagte sie: »Pierre, sag mir, was auf dem Steinacker passiert ist.«

Der gebieterische Ton seiner Mutter überraschte den jungen Mann. Er zögerte kurz und erwiderte dann mit kaum verhohlener Gereiztheit in der Stimme: »Nichts weiter als das, was ich dir bereits erzählt habe. Ich bin über einen Baumstumpf gestolpert –«

»Pierre, ich habe dich noch nie so gesehen«,

schnitt ihm Emilie resolut das Wort ab. »Was ist *wirklich* passiert?«

Pierres Miene veränderte sich, und ein trauriger Ausdruck verschleierte sein Gesicht. In seinem ganzen Leben hatte er seine Mutter nicht ein Mal angelogen. Tiefes Schweigen machte sich breit. Dann murmelte er: »Frag mich nicht, Maman. Es ist etwas Wunderbares geschehen. Aber das möchte ich lieber für mich behalten.«

Emilie nickte lächelnd. Sie hütete ja selbst seit langem ein Geheimnis, das sie nie mit Pierre hatte teilen wollen aus Angst, er könnte sich auf die Suche nach seinem Vater machen. Sie stand auf und ging eine Suppe kochen. Dabei dachte sie sich die unglaublichsten Geschichten aus.

Schon am nächsten Morgen war die Neuigkeit von Pierres Unfall und seiner Rettung in aller Munde. Victor Roucas erzählte überall grummelnd, der Sohn der »Witwe« (so hatte man Emilie seit jeher genannt) habe sich nur leicht verletzt und hätte sicherlich allein ins Dorf zurückgehen können. Vor allem ärgerte er sich darüber, daß man ihn gegen seinen Willen in diese Geschichte hineingezogen hatte, denn obwohl sie gut ausgegangen war, war es nun mal eine »Geschichte«. Und er konnte nicht verstehen, was Pierre, dieser Fremdling, den er wie alle anderen Fremden nicht sonderlich mochte, auf seinem Acker zu suchen hatte.

Zur Mittagszeit versammelten sich die wenigen Notabeln des Dorfs wie gewöhnlich auf dem kleinen Platz, um bei Firmin Jouan, Paulines Vater, einen Aperitif zu trinken. Ihre Unterhaltung kreiste um das seltsame Abenteuer des jungen Morin auf dem Steinacker. Honoré Fontin, der Bürgermeister, wollte es von Isidore Lambert, dem pensionierten Wachtmeister, der Pierre versorgt hatte, ganz genau wissen. Auch der ehemalige Gendarm wunderte sich darüber, daß der kräftige, tapfere junge Mann nicht die Kraft aufgebracht hatte, allein ins Dorf zurückzukehren. »Wenn er da oben geblieben ist, dann hatte er bestimmt einen guten Grund«, meinte Paul Austan mit nachdenklicher Miene.

Der Lehrer kannte Pierre Morin am besten. Er hatte ihn sechs Jahre lang unterrichtet und konnte sich daher ein sehr genaues Bild von dem jungen Mann machen. Ja, er empfand sogar echte Sympathie für diesen sonderbaren Burschen, der für einen Bienenschwarm sein Leben riskiert hatte. In den Augen des Lehrers zeugte dies von einer großen Sensibilität und einem eigenwilligen Charakter, der gegen die eher derbe Art und das durch und durch konventionelle Verhalten der übrigen Dorfjugend abstach. Er fragte sich, ob Pierres besondere Empfindsamkeit schlichtweg Veranlagung war oder ob das Rätselraten um seine Herkunft, die gewisse Außenseiterrolle seiner Mutter sowie die Vorurteile, für die sie stets eine Zielscheibe geboten hatte, den Knaben nicht nach und nach dazu getrieben hatten, sich abzukapseln und in der Natur, genauer gesagt in der Tierwelt, die Zuwendung oder Arglosigkeit zu suchen, die er bei seinen Mitmenschen nicht fand.

Paul Austan fühlte sich im Dorf selbst nicht am rechten Platz. Eigentlich war es sein Traum gewesen, Philosophieprofessor zu werden, aber da seine Eltern nicht die Mittel besessen hatten, um ihm ein derart langwieriges Studium zu finanzieren, war er Lehrer geworden, und man hatte ihn an diesen gottverlassenen Ort geschickt. Anfangs hatte er noch gehofft, bald in die Stadt zu ziehen. Aber die Zeit verging, und obwohl er jedes Jahr um seine Versetzung ersuchte, hatte er sich seit fünfzehn Jahren nicht vom Fleck bewegt. Paul Austan fügte sich schließlich in sein Los und heiratete die jüngste Tochter des Bürgermeisters, mit der er drei Kinder zeugte.

Mit einer gewissen Neugier, in die sich Besorgnis mischte, beobachtete der Lehrer die Entwicklung des Dorfs. Nachdem sein Schwager Honoré Fontin eine Frau aus dem Kleinbürgertum der Nachbarstadt geehelicht hatte, hatte er sich seines schlichten Bauerndaseins geschämt und in den Kopf gesetzt, seinen Betrieb zu vergrößern. Dank eines Bankdarlehens war es ihm gelungen, seine Produktivität durch die Anschaffung kräftiger Zugtiere und moderner Pflüge zu verdreifachen. Kaum hatte er das

Geld an die Bank zurückgezahlt, hatte er neues Land hinzugekauft und mehr Saisonarbeiter eingestellt. Binnen zehn Jahren war er zum reichsten und mächtigsten Mann des Dorfs aufgestiegen. Allerdings hatte dies zu Spannungen und Eifersüchteleien geführt. Auch Firmin Jouan, der Cafébesitzer, träumte davon, sein Geschäft zu verbessern, indem er Durchreisende anlockte, und hatte sich stark verschuldet, um sein Café zu renovieren und auszubauen. Er schlief nachts nicht mehr und war überaus reizbar geworden. Ähnlich erging es Honoré, den seine buchhalterischen und sonstigen Aufgaben derart in Beschlag nahmen, daß er nicht mehr wie früher die Zeit hatte, die schönen Dinge des Lebens zu genießen. Die einzige Zerstreuung, die er sich noch gönnte, war das heilige Ritual des Aperitifs, wobei dieses ihm jedoch gleichzeitig die Möglichkeit bot, den Kontakt zu seinen Mitbürgern zu pflegen und so seine Macht als Bürgermeister zu untermauern.

Der Lehrer hatte bei seinen Fahrten in die Stadt zudem festgestellt, daß dieses Verhalten eine allgemeine Tendenz darstellte. Er befürchtete, der Mensch könne es immer mehr verlernen, die bescheidenen, aber innigen Freuden des Daseins zu genießen und zu einem ewig unzufriedenen, stets nach neuen Besitztümern strebenden Wesen werden.

Insofern interessierte ihn Pierre Morin in höchstem Maße. Er schien ihm in der Tat das bemerkenswerte Beispiel eines Menschen zu sein, der das Sein weit über das Haben stellte, und zwar ebenso spontan wie konsequent. Das Leben des jungen Mannes verlief in einer Art natürlichem Fluß, und er hatte keinen Ehrgeiz, mehr als das unbedingt Lebensnotwendige zu besitzen. Er konnte sich an kleinen Dingen erfreuen und maß Geld offenbar keinerlei Bedeutung bei. Er liebte die Einsamkeit, und sein Glück schien von keinem äußeren Wert abzuhängen.

4

»Und aus welchem triftigen Grund hätte er zwei Tage und zwei Nächte in dem verlassenen Weinberg zubringen sollen?« nahm der Bürgermeister den Faden wieder auf und riß den Lehrer dadurch aus seinen Grübeleien.

»Ich könnte mir vorstellen, daß er dort auf etwas gestoßen ist, was ihm nahegeht und ihm Lust gemacht hat, zu bleiben.«

»Und die Schürfwunden im Gesicht und an den Händen?« gab der Bürgermeister verblüfft zu bedenken.

»Ich bezweifle ja gar nicht, daß er schlimm gestürzt ist«, stellte der Lehrer klar. »Ich sage lediglich, daß es ihm die Schönheit dieses Ortes angetan hat oder daß er Augenzeuge von etwas geworden ist, was seine Neugier geweckt hat – das Erscheinen eines schönen Raubvogels, der in einem Baum in seiner

Nähe ein Nest gebaut hat oder so etwas in der Art. Wer weiß, was ihn sonst noch fasziniert. Solche Dinge können seine Aufmerksamkeit stundenlang fesseln.«

»Achtundvierzig Stunden lang nichts essen, um einem Bussard beim Füttern seiner Jungen zuzusehen? Das halte ich für eine etwas dürftige Erklärung, selbst für einen Träumer wie Pierre«, konterte der Bürgermeister ironisch.

»Und was schlagen Sie vor?« fragte der Lehrer und blitzte ihn böse an.

»Nichts. Ich verstehe das nicht. Ich glaube, daß es für den Vorfall eine Erklärung gibt und daß uns der junge Morin etwas vorschwindelt.«

»Vielleicht hat er etwas entdeckt, was einen, sagen wir, gewissen materiellen Wert besitzt und was er für sich behalten will«, wagte sich der Cafébesitzer zögernd vor.

Der Lehrer brach in Gelächter aus.

»Firmin, Ihre Phantasie bringt Sie noch um den Verstand. Sie wissen doch, daß Pierre Morin Geld nichts bedeutet. Erinnern Sie sich nur an die Witwe Verdeuil!«

Paul Austan spielte auf eine Begebenheit an, die sich in Pierres Jugend zugetragen und sich allen ins Gedächtnis gegraben hatte. Auf dem Heimweg von einem seiner einsamen Streifzüge hatte er auf der Straße eine Geldbörse mit fünf Louisdor gefunden, was eine beachtliche Summe darstellte. Geblendet von der Schönheit der Münzen, die ihn an den Zauberring seiner Mutter erinnerten, hatte er die Börse mehrere Tage lang stillschweigend behalten. Schließlich jedoch beschloß er, sich von ihr zu trennen, und suchte die Notabeln auf, als diese gerade im Café den Aperitif einnahmen. Er händigte ihnen die Börse samt Inhalt aus. Sie waren von seiner Aufrichtigkeit beeindruckt, und Pierre nahm öffentlich die Glückwünsche des Bürgermeisters entgegen, eines glühenden Republikaners, der aus dem Stegreif eine kurze Rede über die Tugenden des anständigen Bürgers hielt. Während die anderen die Ansprache des Bürgermeisters ausgiebig beklatschten, dachten sie bei sich, wie dumm es von dem Jungen gewesen war, das vom Himmel gefallene Geld herzugeben. Zumal sich noch am selben Abend herumsprach, daß Madame Verdeuil, eine reiche Pariser Witwe, die den Sommer mit ihrer Haushälterin in einem großen Landhaus eine Wegstunde vom Dorf entfernt verbracht hatte, die Geldbörse verloren hatte. Sie erschien im Rathaus, um ihre Börse abzuholen. Wortlos nahm Madame Verdeuil sie in Gegenwart von Pierre und sämtlichen Notabeln an sich, wandte sich dann an Pierre und fragte ihn, ob er eine Belohnung haben wolle. Als der Junge den Kopf schüttelte, wirkte sie überrascht. Sie sah ihm fest in die Augen und erkundigte sich nach seinem Namen. Nach kurzem Schweigen sagte sie »danke« und machte auf dem Absatz kehrt. Am darauffolgenden Sonntag griff Abbé Sève, der dem Bürgermeister nicht nachstehen wollte, den Vorfall in seiner Predigt auf und pries die Tugenden des guten Christen. Für den Lehrer jedoch, der sich in seiner Vermutung bestätigt sah, daß die Habgier Pierre fremd war, hatte das Verhalten des jungen Mannes weder mit weltlicher Moral noch mit Religiosität zu tun, sondern entsprang der Spontaneität seines aufrechten Herzens.

»Sie haben recht, Paul«, räumte der Bürgermeister nach kurzem Nachdenken ein. »Trotzdem kann ich mir sein Verhalten nicht erklären.«

Da sahen die Notabeln den jungen Mann auf dem kleinen Platz auftauchen und wechselten das Thema.

Nachdem Pierre sich tüchtig ausgeschlafen hatte, stand er bestens gelaunt auf. Er setzte sich auf einen Holzbalken vor der Kate und streckte in der schon hoch am Himmel stehenden Sonne genüßlich seinen geschundenen Körper. Die Beule war abgeschwollen, die Schürfwunden an den Händen taten nicht mehr weh. Während er langsam sein Frühstück kaute, ging er im Geiste noch einmal die Ereignisse der vergangenen Tage durch und faßte den Entschluß, noch am selben Abend zum Steinacker zurückzukehren. Es war noch ein wenig Milch und

Käse da, aber er mußte Brot holen. Die meisten Dorfbewohner buken ihr Brot selbst. Wer keinen Ofen besaß, kaufte es im Café, das gleichzeitig als kleiner Einkaufsladen diente. Bei dem Gedanken hatte er plötzlich das Gesicht der Tochter des Cafébesitzers vor Augen.

Was in der Nacht des 7. August geschehen war hatte ihn so überwältigt, daß er ganz vergessen hatte, nach einem Mitbringsel Ausschau zu halten, das er am Samstag abend an Paulines Fenster legen könnte. Auf dem Weg zum Café überlegte er, was er ihr schenken könnte. Er brauchte ziemlich lang bis zum Dorfplatz, weil ihn jeder, dem er unterwegs begegnete, auf seine Erlebnisse der vergangenen Tage ansprach. Nachdem er die Geschichte, wenn auch ein wenig knapp und wirr, mehr als zwanzigmal erzählt hatte, erreichte er schließlich den Laden von Firmin Jouan.

Er nickte den unter den schattenspendenden Linden an einem Tisch sitzenden Notabeln zu und blieb kurz mit klopfendem Herzen vor dem Eingang des Cafés stehen. Als er gleich darauf bei Madame Jouan einen schönen Laib Brot kaufte, erfuhr er von ihr, daß ihre Tochter ausgegangen sei. Er war enttäuscht und erleichtert zugleich, doch als er den Laden verließ, lief er Pauline geradewegs in die Arme.

»Bonjour, Pierre«, sagte die junge Frau fröhlich.

Ein krampfartiges Zittern erfaßte seine Knie. Er

lief knallrot an und stotterte: »Ich freue mich, dich zu sehen.« Dann verstummte er und starrte die Tochter des Cafébesitzers aus weit aufgerissenen Augen an. Nach kurzem Schweigen fing Pauline an zu lachen. Sie drückte sanft seine aufgeschürfte Hand und sagte, während sie den Laden betrat: »Ich bin froh, daß du nicht ernsthaft verletzt bist. Komm mich doch öfter besuchen.«

Sprachlos blieb Pierre zurück. Er zögerte, ob er ihr nachlaufen sollte, um ihr ein Treffen vorzuschlagen, doch schließlich kehrte er mit pochendem Herzen zum Bauernhof der Fougasses zurück. Er war sehr aufgewühlt und wußte nicht, ob er sich wie verrückt freute, weil Pauline ihn aufgefordert hatte, sie zu besuchen, oder ob er schrecklich verzweifelt war, weil er es nicht fertiggebracht hatte, mehr als nur ein paar Worte mit ihr zu wechseln. Erst jetzt wurde ihm bewußt, wieviel Angst er davor hatte, von der jungen Frau zurückgewiesen zu werden. Dieser Gedanke machte ihn traurig. Was hatte er schon zu befürchten? Schließlich stand es Pauline frei, zu lieben, wen sie wollte, und er mußte ihre Gefühle akzeptieren, so oder so. Den restlichen Tag verbrachte er damit, einen wundersamen Hut zu basteln, indem er Weidenruten und getrocknete Blumen ineinanderflocht. Sobald es dunkel würde, wollte er ihn der Tochter des Cafébesitzers ans Fenster legen. Dann deckte er sich mit ein wenig Proviant ein und teilte seiner Mutter mit, daß er seine

Nächte von nun an auf dem Steinacker verbringen werde. Emilie stellte ihm keine Fragen.

Pierre ging vier Nächte hintereinander zum verlassenen Weinberg. Wenn er in den frühen Morgenstunden zurückkehrte, machte er einen so vergnügten Eindruck, daß sich die alten Frauen im Dorf, an denen er vorbeikam, verwundert fragten, was ihm wohl jetzt wieder Außergewöhnliches widerfahren war. »Vielleicht hat er auch nur endgültig den Verstand verloren«, bemerkte eine von ihnen und versenkte die Nase wieder in ihr Strickzeug. Auch Emilie fiel der beseelte Blick ihres Sohnes auf, aber sie wußte, daß es für ihn noch zu früh war, um sein Geheimnis zu teilen.

Da bald der Weizen gedroschen werden mußte, verbrachte Pierre die Nachmittage auf dem Bauernhof, um die Dreschflegel zu reparieren. Vormittags arbeitete er gutgelaunt auf den Feldern, abends aß er mit seiner Mutter, dann machte er sich auf den Weg zum verlassenen Weinberg.

Auch am fünften Tag war er mit seiner Mutter, den Bauersleuten und zwei italienischen Saisonarbeitern auf den Feldern. Da erblickte er auf der Nachbarwiese François, den Straßenwärtersohn, der seinen Eltern bei der Mahd half. Sie kannten einander kaum, weil François schon vor vielen Jahren in die Stadt gezogen war. Als sich Pierre am Spätvormittag auf den Heimweg machen wollte, sah er François, die lange Sense geschultert, auf sich zukommen.

»He, Pierre, laß uns zusammen ins Dorf zurückgehen!« rief ihm der junge Mann zu, dem der Schweiß in Strömen herunterlief.

»Warum nicht?« erwiderte Pierre. Er wunderte sich allerdings über diesen Vorschlag, und die Vorstellung, sich unterhalten zu müssen, behagte ihm überhaupt nicht.

Nach ein paar unverfänglichen Worten schnitt François das Thema an, das ihn beschäftigte.

»Sag mal, mein Freund, als ich vor zwei Wochen spätabends über den Platz gegangen bin, habe ich hinter dem Haus vom alten Jouan einen Schatten gesehen. Ich sage mir: ›Nanu, wer treibt sich denn um diese Stunde beim Cafébesitzer herum?‹ Also gehe ich hinter das Café und sehe dich oben im Baum. Als du weg bist, klettere ich selbst auf die Linde und entdecke einen Blumenstrauß auf dem Fensterbrett seiner Tochter. Du hast einen guten Geschmack. Sie ist wirklich ein hübsches Ding, die kleine Pauline ...«

Bei diesen Worten straffte Pierre die Schultern und fragte den jungen Mann scharf: »Was hast du mit dem Blumenstrauß gemacht?«

»Keine Sorge, mein Freund. Ich habe ihn wieder hingelegt und bin schlafen gegangen.«

»Warum erzählst du mir das?«

»Nun ja … weil … Kurz darauf hat sich Pauline mit mir in der alten Mühle getroffen und mir von den Geschenken erzählt.«

»Was hat sie genau gesagt?« wollte Pierre wissen, der immer unruhiger wurde.

»Sie hat mir gestanden, daß sie mich seit langem liebt, und wollte wissen, was ich für sie empfinde.«

»Aha …«, murmelte Pierre benommen.

»Ehrlich gesagt kenne ich sie kaum, aber sie hat schon ihre Vorzüge, die kleine Pauline«, fuhr François fort und brach in lautes Gelächter aus, das Pierres Herz vor Schreck erstarren ließ. »Deshalb habe ich mich auch mit ihr getroffen, allerdings heimlich … Du kennst ja ihren Vater! Danach hat sie mir einfach so, ganz spontan, gesagt, wie gerührt sie über die Geschenke ist, die ich ihr jeden Samstagabend ans Fenster lege. Ich bin nicht gerade stolz auf mich. Ich hatte nicht den Mumm, ihr zu sagen, daß ein anderer dahintersteckt. Sie wäre schrecklich enttäuscht gewesen, verstehst du?«

Als Pierre schwieg, wartete François einen Augenblick und fügte dann hinzu: »Weißt du, ich liebe Pauline nicht. Ich hatte meinen Spaß mit ihr, das ist alles. Morgen fahre ich zurück in die Stadt, aber vorher werde ich ihr die Wahrheit sagen.«

Jetzt richtete sich Pierre zu voller Größe auf. Er sah François in die Augen.

»Du bist noch gemeiner, als ich dachte. Sag ihr

bloß nichts, du Schuft! Sie wäre nur unglücklich, weil du sie zum Narren gehalten hast.«

François wollte etwas darauf erwidern, aber dazu ließ ihm Pierre keine Zeit. Er spuckte auf den Boden und machte auf dem Absatz kehrt.

François sagte Pauline trotzdem die Wahrheit. Die Tochter des Cafébesitzers wollte allerdings nichts davon wissen. Sie konnte einfach nicht glauben, daß Pierre hinter den Geschenken steckte, sondern war überzeugt, daß ihr Freund ihr »diesen Unfug« nur auftischte, damit sie ihn vergaß und nicht unter seiner langen Abwesenheit litt. Aber sie war nicht bereit, ihn zu vergessen. Im Gegenteil, sie wollte geduldig warten, bis er an Weihnachten wiederkam. Also schlief François ein letztes Mal mit ihr und fuhr zurück in die Stadt.

5

Mit aller Macht versuchte Pierre seine Erregung in den Griff zu bekommen. Er rannte zum Steinacker. An der mächtigen Eiche angekommen, lehnte er sich an seine alte Freundin und schlang die Arme fest um ihren Stamm. Der angestaute Druck machte einem nicht enden wollenden Tränenstrom Platz. Schließlich kniete Pierre am Fuß des Baums nieder und kauerte sich zusammen. So verharrte er, bis es dunkel wurde. Ab und zu strichen vom Wind aufgewirbelte Blätter der alten Eiche über sein Gesicht, als wollten sie seine Tränen fortwischen. Hinter einer Baumgruppe versteckt, beobachtete ihn die Stumme. Sie starrte Pierre unverwandt an. Ein trauriger, fast mitleidiger Ausdruck verschleierte ihre großen gelbgrünen Augen. Sie hätte den einzigen Menschen, den sie liebte, so gern getröstet.

Pierre blieb die ganze Nacht auf dem Steinacker. Er dachte lange über François' Worte nach. Abgesehen davon, daß er das Verhalten des jungen Mannes empörend fand, wußte er nun, was er von Paulines Gefühlen zu halten hatte: Sie liebte ihn nicht. Bestimmt hatte sie ihn nie geliebt. Der Traum, in dem er seit Jahren gelebt hatte, hatte sich plötzlich in Luft aufgelöst wie ein Hirngespinst. Für ihn brach eine Welt zusammen, doch dann erinnerte er sich daran, was er hier an diesem Ort in der Nacht des 7. August entdeckt hatte, und ein freudiges Glänzen trat in seine feuchten Augen.

Als er am nächsten Morgen zur Kate zurückkehrte, mied er den forschenden Blick seiner Mutter. Sie merkte ihm seine Bedrücktheit sofort an, doch sie nahm auch das wundersame Leuchten wahr, das den Blick ihres Sohnes erhellte, und sie fragte sich, was in ihm derart widersprüchliche Gefühle auslösen mochte. Sie respektierte sein Schweigen jedoch und beschränkte sich darauf, seinen Kopf zärtlich in die Arme zu nehmen, bevor Pierre vom Frühstückstisch aufstand und zur Arbeit ging.

Mehrere Tage verliefen nach demselben Muster. Pierre blutete zwar noch immer das Herz, aber seine Ausflüge zum Steinacker spendeten ihm so viel Trost, daß Emilie sich schon bald beruhigte. Eines Abends, als er gerade in den kleinen Weg einbog, begegnete er Victor Roucas. Der Besitzer des

Weinbergs schätzte die Umtriebe des jungen Morin nicht sonderlich und hatte beschlossen, ihnen ein Ende zu setzen. Scharf rief er dem jungen Mann zu: »Heda, Freundchen, wohin so flott zu dieser späten Stunde?«

»Ich nutze das schöne Wetter, um draußen zu schlafen«, antwortete Pierre zögernd.

»Du kannst schlafen, wo du lustig bist, nur nicht auf meinem Acker«, versetzte der Bauer bissig.

»Ihr Weinberg ist doch schon seit langem verlassen ...«

»Das tut nichts zur Sache. Ich mag es nicht, wenn man sich grundlos auf meinem Acker herumtreibt.«

»Ich mag den Ort nun mal«, sagte Pierre nach kurzem Schweigen.

»Es gibt jede Menge Orte, wo du vor dich hin träumen kannst«, rief Victor und machte kehrt, »aber nicht auf meinem Acker. Hast du kapiert? Ich will nicht noch einmal erleben, daß du dich dort nachts herumtreibst.«

Sein Ton duldete keinen Widerspruch. Pierre war wie vor den Kopf geschlagen, aber er fügte sich. Er stapfte dem Bauern hinterher und kehrte zur Kate zurück. Dort berichtete er seiner Mutter von dem Wortwechsel. So traurig und bekümmert hatte Emilie ihren Sohn noch nie gesehen. Sie kannte zwar den Grund nicht, aber sie begriff, daß Pierre an diesem Weinberg mehr hing als an sonst etwas.

In dieser Nacht fand sie keinen Schlaf. Obwohl Pierre sich weigerte, ihr sein Geheimnis anzuvertrauen, hätte sie gern eine Lösung gefunden, die ihm half, seinen inneren Frieden zurückzuerlangen. Plötzlich hatte sie eine Idee: Da ihr Sohn offenbar so sehr an diesem Acker hing und dessen Eigentümer nicht wollte, daß er sich dort aufhielt – warum sollte er ihn nicht kaufen? Der alte Weinberg besaß keinen großen Wert, und Emilie hatte genügend gespart, um ihn Pierre zu schenken. Schließlich hatte er darauf verzichtet, in der Stadt auf eine höhere Schule zu gehen, sagte sie sich, also konnte sie ihre Ersparnisse dazu hernehmen, um ihm ein kleines Stück Land zu schenken. Das war zwar keine sehr vernünftige Entscheidung und auch keine lohnende Investition, aber die Tatsache, daß ihr Sohn dieses Fleckchen so sehr liebte, war Grund genug, es zu erwerben.

Als Pierre am nächsten Morgen gerade die aus den Essensresten vom Vortag zubereitete Suppe löffelte, reichte sie ihm ein Taschentuch, in dem sich zehn Goldstücke befanden.

»Hier«, sagte sie, »das ist das Geld, das ich für dein Studium gespart habe. Ich weiß jetzt, daß du nie in die Stadt gehen wirst. Das Geld gehört dir. Mach damit, was du für richtig hältst.«

Pierre sah seine Mutter verblüfft an. Er schwieg lange und hing seinen Gedanken nach. Dann stand er auf und schloß sie wortlos in die Arme. Emilie konnte die Tränen nicht zurückhalten. Sie spürte, daß ihr Sohn im Begriff war, einen Weg einzuschlagen, der ihr seltsam und gefährlich erschien und sich ihrem Einfluß vollkommen entzog. Aber sie wußte auch, daß nichts und niemand ihn davon abhalten würde, weil es offenbar der Weg war, den ihm das Schicksal vorbestimmt hatte.

Eine Stunde später klopfte Pierre bei Victor Roucas an die Tür. Seine Frau Léontine spähte durch die Fensterscheibe. Ihr Mann öffnete die Tür einen Spaltbreit, blickte dem jungen Mann tief in die Augen und sagte zu ihm, noch bevor dieser den Mund öffnen konnte: »Falls du vorhast, mich umzustimmen, verschwendest du deine Zeit, mein Junge.«

Pierre gab sich einen Ruck. »Ich möchte Ihnen ein Angebot machen.«

»Was für ein Angebot?« grummelte der Bauer, der die Wut in sich aufsteigen spürte.

»Ein finanzielles Angebot«, antwortete Pierre selbstbewußt. »Und zwar ein solides«, fügte er rasch hinzu, weil er spürte, daß der Mann kurz davor war, ihm die Tür vor der Nase zuzuschlagen.

»Laß ihn herein«, rief Léontine, die die Unterhaltung mitgehört hatte.

Der Bauer zögerte kurz, dann öffnete er widerstrebend die Tür. Pierre trat ein. Léontine forderte ihn auf, sich zu setzen, und bot ihm ein Gläschen Pflaumenlikör an, das er gerne annahm. Ihm war klar, daß sich die Verhandlung schwierig gestalten würde. Er hatte den alten Fougasse in sein Vorhaben eingeweiht. Dieser hatte den Wert des brachliegenden Ackers auf höchstens sieben Louisdor geschätzt. Doch er hatte, sich mit zweifelnder Miene am Kopf kratzend, sogleich hinzugefügt: »Wenn Victor Roucas so wie sein Vater ist, würde es mich allerdings wundern, wenn er verkauft.«

Pierre äußerte Victor gegenüber seinen Wunsch, den Steinacker zu kaufen.

»Warum?« wollte der Bauer wissen.

»Jedenfalls nicht, um darauf wieder Wein oder etwas anderes anzubauen. Einfach nur, weil ich den Ort mag. Und da Sie nicht wollen, daß ich mich dort aufhalte, bin ich bereit, ihn zu kaufen.«

»Und mit welchem Geld?« fragte der Mann barsch.

Pierre war auf diesen entscheidenden Augenblick bei ihrer Verhandlung vorbereitet. Langsam zog er das Taschentuch heraus. Léontine schob die Kinder in den hinteren Teil der Stube und kehrte zu den beiden Männern zurück. Das Paar betrachtete das Stück blauen Stoffs, das Pierre mitten auf den Tisch gelegt hatte. Pierre löste den Knoten, und sieben Louisdor-Münzen schimmerten im milden Morgenlicht. Er brach das tiefe Schweigen, das sich im Raum breitgemacht hatte.

»Ich denke, das reicht für den Acker.«

»Mein Weinberg ist nicht zu verkaufen«, antwortete der Bauer schlicht und einfach.

»Aber –«

»Kein Aber! Ich habe dir gesagt, daß du dich nicht mehr auf meinem Grund und Boden herumtreiben sollst, und mein Acker ist nicht zu verkaufen.«

Pierre sah ein, daß er an diesem Tag nichts ausrichten würde. Unter Léontines fassungslosem Blick wickelte er die Münzen wieder ein, grüßte das stumme Bauernpaar und ging nach Hause. Im Grunde hatte er damit gerechnet, daß er bei seinem ersten Versuch eine Abfuhr erhalten würde, und er hatte sich längst vorgenommen, kurz darauf mit acht Münzen wiederzukommen.

6

Obwohl Marcel Fougasse ihm geraten hatte, mehrere Wochen zu warten, bevor er sein Angebot erneuerte, suchte Pierre die Roucas in derselben Woche noch dreimal auf, weil er es nicht ertragen konnte, nicht mehr in den Weinberg gehen zu dürfen. Jedesmal wiederholte sich haargenau dieselbe Szene, nur daß Pierre von Mal zu Mal eine Goldmünze drauflegte. Als er auch bei der zehnten eine Abfuhr kassierte, meinte er mißmutig zu Victor Roucas: »Das war die letzte. Ein besseres Angebot kann ich Ihnen nicht machen.«

»Mein Acker ist nicht zu verkaufen«, wiederholte der Bauer.

Da hatte Pierre eine Idee.

»Und wenn Sie ihn mir übers Jahr verpachten?«

»Nichts da«, erwiderte der Mann. »Bei den Roucas wird nichts verkauft oder verpachtet.«

Niedergeschlagen verabschiedete sich Pierre. Mehr Geld hatte er nicht, und außerdem wußte er, daß auch zwei oder drei zusätzliche Münzen nichts ändern würden. Er konnte also nur hoffen, daß Roucas es sich irgendwann anders überlegte.

Kaum hatte er die Tür hinter sich zugezogen, stellte Léontine ihren Mann zur Rede.

»Warum trennst du dich nicht von dem alten Weinberg, wo er doch sowieso nichts mehr taugt? So ein günstiges Angebot bekommen wir nie wieder.«

»Ein Stück Land taugt immer«, erwiderte Victor trocken.

»Und warum verpachten wir es nicht zu einem guten Zins?«

»Weil er es nicht mehr kauft, wenn ich es ihm verpachte«, erklärte ihr Mann mit listiger Miene.

»Du hast doch gerade selbst gesagt, daß du es nie verkaufen wirst!«

»Ich möchte gern herausfinden, wie weit dieser unselige Fremdling gehen würde, um das Feld zu kriegen. Ich verkaufe nämlich nicht gern etwas, wenn ich nicht weiß, warum jemand es haben will.«

Léontine konnte den raffinierten Gedankengang ihres Mannes nicht nachvollziehen. Sie kehrte zurück in die Küche und stieß bei dem Gedanken an die Goldmünzen, die sie sich durch die Lappen hatten gehen lassen, einen tiefen Seufzer aus.

Da Léontine und ihre Kinder den Mund nicht halten konnten, wußten bald alle von Pierres Versuch, den Acker zu kaufen. Der Spott ließ nicht auf sich warten, denn die Dörfler betrachteten diese neue abenteuerliche Geschichte als endgültigen Beweis dafür, daß Pierre verrückt war. Der »Sohn der Witwe« gab sich also nicht damit zufrieden, seit seiner Kindheit allein in der Gegend herumzustreunen – wozu eigentlich? – oder mehrere Tage lang auf rätselhafte Weise zu verschwinden, nein, jetzt legte er es auch noch darauf an, sämtliche Ersparnisse seiner Mutter zu vergeuden, indem er einen aufgelassenen Weinberg kaufte! Wenn das nicht bewies, daß Pierre ein ziemlich merkwürdiger Kauz war und obendrein dümmer, als er aussah!

Allein in der Person des Pfarrers fand Pierre Morin einen Verteidiger. Abbé Lucien Sève nahm es dem jungen Mann zwar übel, daß er nicht ein so eifriger Kirchgänger wie seine Mutter war, aber er hatte für den sonderbaren Jungen schon immer echte Sympathie empfunden. Er schätzte seine fast naive Schlichtheit, die ihn an die Worte des Herrn denken ließ: »Selig sind, die reinen Herzens sind ...«

Im Unterschied zu vielen seiner Kollegen war Abbé Sève mit einem wahren Sinn fürs Spirituelle ausgestattet. Im Priesterseminar hatte er die Werke der großen katholischen Mystiker verschlungen. Da er sich jedoch nicht für würdig erachtete, es selbst jemals so weit zu bringen, träumte er davon, zum Beichtvater einer glühenden Seele zu werden, doch mittlerweile lebte er schon über zwanzig Jahre in diesem Dorf und hatte bei keinem seiner Pfarrkinder derartige Bestrebungen feststellen können. Pierres Andersartigkeit war ihm schon bald aufgefallen, und er hatte versucht, ihn zur Lektüre der Heiligenleben anzuhalten. Doch der Junge zog die Gesellschaft von Tieren nun mal den frommen Büchern vor, und deshalb hatte es sich der Abbé längst aus dem Kopf geschlagen, diese schöne Seele erziehen zu wollen. Er begnügte sich damit, so gut wie möglich sein Amt als Gemeindepfarrer zu versehen, und nutzte jedes Fest und jede Beerdigung, bei denen sich das ganze Dorf versammelte, um seinen verirrten Schäfchen ein paar wohlfeile Worte einzubleuen, allen voran Honoré Fontin, der häufiger beim Aperitif als in der Sonntagsmesse anzutreffen war. Was allerdings nicht hieß, daß er sich bei bestimmten Anlässen nicht doch in der Kirche blicken ließ, aber dies tat er dann in seiner Eigenschaft als Bürgermeister und weil es nun mal Tradition war. Trotz dieser Differenzen kamen der Bürgermeister und der Geistliche recht gut miteinander aus, denn schließlich lag beiden Männern das friedliche Zusammenleben der Dorfgemeinschaft am Herzen.

Abbé Lucien Sève nahm Pierre Morin also in Schutz und erklärte, der junge Mann habe zwar sicherlich keinerlei Geschäftssinn, aber es sei nichts Verwerfliches daran, ein bestimmtes Gut aus anderen als wirtschaftlichen Gründen erwerben zu wollen.

»Pierre«, erläuterte er, »ist ein Träumer, und er würde alles, was er besitzt, dafür hergeben, um an einem Ort leben zu können, wo er glücklich ist und ihn niemand stört.«

Der Lehrer, der dem Gespräch beiwohnte und mit dem Abbé einer Meinung war, hüllte sich in Schweigen. Er war sprachlos. Das Verhalten des jungen Mannes schien all seine bisherigen Beobachtungen sowie seine Überzeugung zu widerlegen, daß dem Jungen an jedwedem Besitz nicht das geringste lag. Natürlich konnte er Pierres Wunsch verstehen, den Steinacker, wann immer er Lust hatte, aufzusuchen, aber daß er deshalb gleich den alten Weinberg kaufen wollte, erschien ihm höchst unangemessen.

7

In den darauffolgenden Tagen verließ Pierre den Hof nicht, weil seine Mutter krank war. Sie hustete und wirkte erschöpft. In den bald zwanzig Jahren, die Emilie hier lebte, hatte sie sich nicht die kleinste Ruhepause gegönnt. Morgen für Morgen stand sie um halb sechs auf, machte den Haushalt und versorgte das Vieh. Ab sieben Uhr kümmerte sie sich um ihren Sohn und frühstückte mit ihm, bevor er zur Schule ging. Anschließend nahm sie sich den Gemüsegarten vor und goß die Pflanzen, dann kochte sie Mittagessen. Im Sommer verbrachte auch sie mehrere Stunden täglich auf den Feldern, während der Winter anderen Arbeiten vorbehalten war. Abends richtete sie das Essen, fütterte die Tiere und erledigte ein paar Näh-, Strick- oder Stickarbeiten. Gegen zehn Uhr ging sie, fast immer todmüde, zu Bett. Obwohl ihr Sohn ihr mittlerweile vieles abnahm, vor allem außerhalb des Hauses, fand sie immer einen hervorragenden Grund zu arbeiten. Von eher anfälliger Gesundheit, hatte sie es versäumt, sich zu schonen und auszuruhen, und deshalb war ihr Körper verbrauchter, als es ihrem Alter entsprach. Sie war jetzt sechsunddreißig, doch trotz ihrer ebenmäßigen Züge wirkte sie zehn Jahre älter. Immerhin hatte Pierre vor kurzem durchgesetzt, daß seine Mutter auf dem Hof bleiben konnte. Für die schwere Feldarbeit war sie mittlerweile zu schwach.

Kaum war die Heuernte beendet, wurde das einige Wochen zuvor gemähte, in den Scheunen lagernde Getreide gedroschen. Trotz Victor Roucas' Verbot schlich sich Pierre mehrmals heimlich zum Steinacker. Vorsichtshalber brach er mitten in der Nacht auf und kehrte kurz nach Tagesanbruch heim. Emilie staunte noch immer darüber, wie heiter ihr Sohn jedesmal wirkte, wenn er von dem verlassenen Weinberg zurückkehrte. Als sie in seiner Abwesenheit eines Nachts den Stein aus der Wand zog und Jean Rivières Ring an ihr Herz drückte, sagte sie sich, daß ihr Sohn offenbar gerade eine ähnlich innige Erfahrung durchlebte wie sie selbst zwanzig Jahre zuvor mit ihrem einzigen Liebhaber. Sie überlegte, ob hinter Pierres nächtlichen Eskapaden nicht vielleicht ein Techtelmechtel steckte. Allerdings begriff sie nicht, weshalb er sich dazu diesen entlegenen, schwer zugänglichen Ort aussuchen mußte.

Eines Spätnachmittags, als Pierre gerade das Vieh von der Weide holte, kam die Stumme angelaufen und machte ihm mit wildem Armgefuchtel begreiflich, daß er so schnell wie möglich ins Dorf herunterkommen solle. Sie wirkte sehr aufgeregt. Zu seiner Überraschung erblickte er vor dem Hof der Fougasses eine kleine Menschenansammlung. Auch bemerkte er vor ihrer Kate einen neuen, von zwei Pferden gezogenen Wagen. Im ersten Moment dachte er an einen Arzt, der aus der Stadt gekommen war, und machte sich große Sorgen um seine Mutter.

»Was ist hier los?« fragte er die Dorfbewohner beunruhigt.

»Deine Mutter wartet drinnen mit einem Anwalt auf dich«, antwortete der alte Fougasse.

»Mit einem Anwalt?« wiederholte Pierre verdutzt.

»Keiner weiß, warum er hier ist«, sagte mit verdrießlicher Miene Luce Fontin, die Bürgermeistersfrau, die sich unter den Schaulustigen befand.

Pierre klopfte sich das Stroh von der Kleidung und trat ein. Er sah seine Mutter am Tisch sitzen. Ihr gegenüber nippte ein schwarzgekleideter kleiner Mann genüßlich an einem Glas Pfirsichlikör. Als er Pierre sah, warf er Emilie einen fragenden Blick zu, und auf ihr Nicken stand er auf und wandte sich an den jungen Mann.

»Pierre Morin, nehme ich an?«

»Ja.«

»Séraphin Jousse, dritter Anwaltsgehilfe in der Kanzlei von Maître Castaing.«

»Sehr erfreut«, murmelte Pierre ein wenig unbeholfen.

»Ich komme wegen einer Erbsache«, verkündete der Anwaltsgehilfe stolz.

Er wußte, daß dieser schlichte Satz jedesmal großes Interesse für seine bescheidene Person weckte.

»Ach«, sagte Pierre nur, der sich immer unwohler in seiner Haut fühlte. Gleich darauf fügte er hinzu: »Dann müssen Sie mit meiner Mutter sprechen.«

»Nein«, widersprach der Anwaltsgehilfe entschieden. »Obwohl Sie noch minderjährig sind, sind Sie der Begünstigte.«

»Der was?«

»Der Begünstigte der Erbschaft.«

»Was für eine Erbschaft?«

»Die Erbschaft von Madame Joséphine Verdeuil«, erklärte der Anwaltsgehilfe, die Wirkung seiner Worte wohl bemessend.

Als Pierre ihn sprachlos ansah, forderte der Mann ihn auf, sich zu setzen, und holte zu einer Erklärung aus.

»Vor drei Wochen verstarb Madame Verdeuil, Witwe des weiland Régis Verdeuil selig, wohnhaft in der Rue de Vaugirard 77 im sechsten Arrondissement von Paris, an den Folgen einer Krankheit im

Alter von dreiundsechzig Jahren, ohne einen direkten oder indirekten Nachkommen zu hinterlassen. Sie hat in der Kanzlei von Maître Roland Jouhaneau, Boulevard St. Germain 56, fünftes Arrondissement von Paris, ein Testament hinterlegt, in dem sie ihren Letzten Willen kundtut. Das Testament wurde von Maître Jouhaneau an Maître Castaing übersandt, und zwar aus Gründen, die Sie sogleich erfahren werden. Madame Verdeuil hat ihre sämtlichen Besitztümer in Paris sowie ihre Bankguthaben verschiedenen religiösen Einrichtungen vermacht. Aber der letzte Paragraph des Testaments betrifft Sie, daher werde ich ihn Ihnen vorlesen.«

Der Mann kramte in seiner Aktenmappe und zog einen Stapel Papiere hervor. Schließlich fand er, wonach er suchte.

»Ah, da ist es ja!« sagte er und setzte sich seinen Kneifer auf. »Madame Verdeuil spricht hier von ihrem Sommerhaus in einem Weiler namens ›Le Clos‹, eine Meile von diesem Dorf hier entfernt, und führt in diesem Zusammenhang aus: ›Das Landhaus, den dazugehörigen Grund und Boden sowie das gesamte in einem Inventar aufzulistende Mobiliar vermache ich Monsieur Pierre Morin, der in selbigem Dorf wohnt und mir einst meine verlorene Geldbörse zurückgegeben hat. Damals habe ich erkannt, was er für ein selbstloser junger Mann ist, und das unterscheidet ihn von den meisten seiner Mitmenschen. Möge ihm das Leben mit Hilfe meiner Wenigkeit hundertfach vergelten, was er damals mit beispielhafter Aufrichtigkeit und ohne Erwartung einer Gegenleistung für mich getan hat. Und möge ihm die Erbschaft von Nutzen sein!‹ Das ist alles«, sagte der dritte Anwaltsgehilfe mit bedeutungsvoller Stimme und nahm den Kneifer von der Nase.

Als Pierre noch immer schwieg, ließ der Mann den Blick durchs Zimmer schweifen und meinte: »Dann können Sie diese triste Behausung ja bald verlassen.«

Emilie reagierte als erste.

»Sind Sie sicher, daß hier kein Irrtum vorliegt und kein rechtmäßiger Erbe übergangen wird?«

»Selbstverständlich. Sie können sich darauf verlassen, daß wir alles überprüft haben. Madame Verdeuil hatte keine Angehörigen, und ich glaube nicht, daß es hier im Dorf noch einen Pierre Morin gibt. Wir haben da nur ein kleines Problem, und das besteht darin, daß Ihr Sohn noch nicht mündig ist. Deshalb müßten Sie die Erbschaft in seinem Namen annehmen und bis zu seiner Mündigkeit als rechtmäßige Eigentümerin auftreten.«

Er wandte sich an Pierre und fügte verschmitzt hinzu: »Ich weiß nicht, wieviel Geld in dieser Börse war, aber ich muß sagen, Sie waren verdammt gut beraten, sie ihr zurückzugeben, denn ein solches Haus hätten Sie sich selbst niemals leisten können! Im übrigen schlage ich vor, daß wir unverzüglich zum Landhaus fahren, um die Bestandsaufnahme zu machen.«

ZWEI

I

Die Nachricht vom Besuch des Anwaltsgehilfen verbreitete sich im Dorf in weniger als einer Stunde. Was wollte der Notar von Emilie Morin? Schon bald machte ein Gerücht die Runde, von dessen Wahrhaftigkeit alle überzeugt waren: Die Witwe mußte geerbt haben. Nach Einzelheiten über Emilie hungernd, hofften die Dorfbewohner nun endlich Konkretes über die mysteriöse Herkunft dieser Frau und den Vater ihres Kindes zu erfahren. Der Anwaltsgehilfe trat aus dem Haus. Kurz darauf folgte ihm Pierre. Wortlos stieg er zu ihm in den Wagen, und die beiden verließen das Dorf in Richtung Le Clos. Die Verwegensten, die durch die unerwartete Wendung der Dinge neugierig geworden, stürmten in Emilies Haus, um sie auszufragen. Auf die Weise erfuhren sie von der unglaublichen Erbschaft.

Der Wagen fuhr vor Madame Verdeuils Besitz vor, einem imposanten Landhaus, das sie mit ihrem Mann dreißig Jahre zuvor gekauft hatte, um den Sommer an diesem sonnigen, ruhigen Ort zu verbringen. Ein großer, von Bäumen bestandener Garten umgab das Anwesen. Zwölf Hektar Strauchheide und Wiesen, von denen einige verpachtet waren, gehörten ebenso dazu wie ein Nebengebäude und eine Remise. Das zweigeschossige Haupthaus war sehr geschmackvoll eingerichtet und hatte einen traumhaften Blick auf das Tal. Peinlich genau vermerkte der Anwaltsgehilfe sämtliche Möbelstücke und sonstigen Gegenstände auf der Inventarsliste, während Pierre, der immer noch nicht begriff, daß all dies ihm gehören sollte, ihm mit verstörter Miene folgte und zu jedem seiner Kommentare über den Zustand der Räumlichkeiten oder den Wert der Dinge mechanisch nickte. Nachdem sie eine Runde durchs Haus gemacht hatten und hinaustraten, stießen sie auf eine Gruppe von Dorfbewohnern, die samt Kindern nach Le Clos geeilt waren. Der Anwaltsgehilfe bot Pierre an, ihn zurück ins Dorf zu fahren, doch Pierre lehnte ab. Als sich der Mann vom frischgebackenen Hausbesitzer verabschiedete, raunte er ihm ein wenig boshaft ins Ohr: »Sie werden ab jetzt manchen Neider haben, und alle werden um Sie herumscharwenzeln.«

In den folgenden Wochen herrschte im Dorf große Aufregung. Ob bei der Feldarbeit, mittags oder spätnachmittags im Café oder abends in den Häusern – Pierre Morins Erbschaft war in aller Munde. Manche schenkten den von Madame Verdeuil in ihrem Testament abgegebenen Erklärungen Glauben, doch die meisten waren der Ansicht, daß der junge Mann der Witwe die Zeit vor ihrem Ableben versüßt haben mußte. Nun glaubten sie sich auch Pierres merkwürdiges Verhalten erklären zu können und zu begreifen, warum er so oft außerhalb des Dorfes unterwegs gewesen war. Offenbar hatte er die reiche Pariserin, die jedes Jahr mehrere Monate in Le Clos verbrachte, in ihrer Witwenschaft getröstet. Demnach war er noch viel durchtriebener, als sie vermutet hatten. Das beruhigte all jene, die sich auf die Andersartigkeit des jungen Mannes und seine seltsamen Streifzüge durch die Natur keinen Reim hatten machen können. »Würde mich nicht wundern, wenn auch hinter seinen Ausflügen auf meinen Acker ein Weibsbild stecken würde«, meinte Victor Roucas eines Abends zu seiner Frau Léontine, während er die Nachthaube über seinen großen, behaarten Ohren zurechtzupfte.

Obwohl die meisten Dörfler hinter Pierres Rükken schlecht über ihn redeten, überschlugen sich alle vor Freundlichkeit, wenn sie ihm begegneten: zum einen, weil er ihnen plötzlich nicht mehr so fremd war, nachdem er so raffiniert Madame Verdeuils Erbe erschlichen hatte, und zum anderen, weil er innerhalb von vierundzwanzig Stunden zu einem der reichsten Männer des Dorfes geworden war.

Als Pierre endlich begriffen hatte, was eigentlich passiert war, wußte er nicht so recht, ob er sich über das wunderschöne Landhaus freuen sollte, in dem seine Mutter fortan mit allem Komfort würde leben können, oder ob er es traurig finden sollte, daß sich nun alle Gespräche um ihn drehten, was ihm großes Unbehagen bereitete. Auch Emilie Morin war gespalten. Zwar fand sie die Vorstellung, in Le Clos fernab von den üblen Nachreden der Dorfbewohner zu leben, durchaus reizvoll, aber gleichzeitig erschien ihr das Haus zu groß und zu schön für sie. Außerdem machte sie sich Sorgen wegen ihrer Arbeit auf dem Bauernhof. Pierre, der verhindern wollte, daß seine Mutter ihre Gesundheit noch mehr ruinierte, fand eine glänzende Lösung: Er würde ein paar Möbel und Nippsachen verkaufen, damit seine Mutter von dem Erlös leben konnte und nicht mehr arbeiten mußte. Ihre Bedürfnisse waren ohnehin sehr bescheiden. Emilie würde sich um den Gemüsegarten sowie um die paar Hühner und Hasen kümmern, die sie kaufen würden, und Pierre würde sich weiterhin als Saisonarbeiter verdingen, um etwas hinzuzuverdienen. Er entschied, daß seine Mutter dem Hof der Fougasses nach neunzehn Jahren ebenso guter wie treuer Dienste den Rücken kehren sollte.

Bei ihrer Abreise zog Emilie den Stein zum letzten Mal aus der Wand, nahm Brief und Ring an sich und schob beides unter ihre Bluse. In Le Clos angekommen, sah sie sich im Haus gründlich um, bis sie zu ihrer Erleichterung eine wurmstichige Sockelleiste entdeckte, hinter der sie ihren Schatz versteckte.

2

Pierre ließ einen Trödelhändler aus der Stadt kommen. Dreimal fuhr dieser mit seinem mit Möbeln und Wertgegenständen beladenen Karren hin und her. Trotzdem blieben genügend Möbel übrig, um bequem zu wohnen. Auf Anraten des Anwaltsgehilfen brachte Pierre den Erlös zur Bank und richtete eine Leibrente für Emilie ein. Sobald sie das Finanzielle geregelt hatten, zogen sie endgültig in Le Clos ein. Pierre hatte außerdem ein Pferd und eine kleine Kutsche gekauft, damit seine Mutter ins Dorf fahren oder ihn gelegentlich sogar in die sechs Meilen entfernte Stadt begleiten konnte. Binnen weniger Wochen tauschte Emilie den harten Alltag einer Dienstmagd gegen das süße Dasein im Ruhestand ein. Trotz anfänglicher Bedenken gewöhnte sie sich rasch an ihr neues Leben. Sie konnte jetzt später aufstehen und mußte nicht mehr täglich das Vieh versorgen, weshalb sie schnell wieder einigermaßen zu Kräften kam. Dennoch blieb sie ungewöhnlich schwach. Sie mußte jedesmal eine Pause machen, wenn sie vom ersten in den zweiten Stock hinaufstieg, und ihr Husten war mittlerweile fast chronisch. Sie weigerte sich jedoch hartnäckig, einen Arzt aufzusuchen, und behauptete, sie brauche lediglich eine längere Erholungspause.

Trotz dieser Ereignisse und all der Dinge, die zu erledigen waren, ging Pierre abends nach wie vor oft zum Steinacker. Einmal traf er dabei dummerweise auf Victor Roucas. Ein Nachbar, der Pierre kurz nach Einbruch der Dunkelheit auf dem schmalen Weg begegnet war, hatte dem Bauern gesteckt, daß sich der junge Mann auf seinem Acker herumtrieb. Roucas wartete auf eine Vollmondnacht und begab sich dann fluchend an Ort und Stelle. Schon von weitem sah er Pierre, der auf dem »Hügelgrab« mitten auf dem Acker saß. Überzeugt, daß er ein Rendezvous hatte, harrte der Bauer über eine Stunde in seinem Versteck hinter der Eiche aus und beobachtete ihn. Als jedoch nichts passierte, verlor er die Geduld und ging auf den jungen Mann zu.

»So so, du Schlawiner, wartest also auf die nächste Witwe!« rief er, sobald er zu Füßen des Steinhügels stand.

Pierre zuckte zusammen und sprang auf.

»Wer ist da?« fragte er verunsichert.

»Nicht die, die du erwartest.«

»Ach, Sie sind es ...«

»Ja, ich bin es. Und ich dachte, ich hätte dir gesagt, daß du dich nicht mehr auf meinem Acker blicken lassen sollst. Nur weil du geerbt hast, brauchst du nicht zu glauben, daß du dir alles herausnehmen kannst.«

»Es tut mir leid. Ich mag –«

»Du magst diesen Ort, ich weiß. Das Gewäsch hast du mir schon mal erzählt. Ich weiß immer noch nicht, warum du hier herumschnüffelst, aber ich sage dir jetzt zum letzten Mal: Laß dich hier nie wieder blicken.«

Worauf Roucas sich bückte, einen Stein aufhob und nach Pierre warf, der jedoch auswich. »Geh zurück in deine Bürgershütte«, brüllte der Bauer und bückte sich abermals, um ein weiteres Wurfgeschoß aufzuheben. Pierre ließ sich das nicht zweimal sagen, sondern machte sich auf den Weg ins Dorf. In Le Clos angekommen, sank er auf der Zufahrt am Fuß einer Pappel nieder.

Dort verbrachte er einen Teil der Nacht, sann über den ärgerlichen Vorfall nach und betrachtete den untergehenden Mond. Irgendwann nickte er ein. Ein Schatten huschte neben ihn. Die Stumme war ihm vom Steinacker gefolgt, wo sie die Szene mit dem Bauern, den sie verwünschte, miterlebt hatte. Lange musterte sie Pierres Gesicht und konnte es sich nicht verkneifen, ihn auf die Stirn zu küssen, bevor sie Hals über Kopf davonlief.

Da Pierre sich erst kurz vor Morgengrauen schlafen gelegt hatte, stand er spät auf und ging zum Frühstücken hinaus in den Garten. Emilie war bereits seit gut drei Stunden auf den Beinen und arbeitete im Gemüsegarten, bevor die Hitze zu drückend wurde. Obwohl der Herbst vor der Tür stand, herrschte noch immer prachtvolles Wetter. Emilie fing allmählich an, ihr neues Leben in vollen Zügen zu genießen. Sie hatte sämtliche Möbel und Gegenstände im Haus nach ihrem Geschmack umgestellt und überlegte sich bereits, welche Blumen sie im Frühjahr rund ums Haus pflanzen wollte.

Pierre sah ihr bei der Gartenarbeit zu und freute sich, daß seine Mutter so glücklich war. Nach einer Weile beschloß er, ins Dorf zu gehen. Er hatte erst ein paar Hundert Meter zurückgelegt, als ihm Lisa, die älteste Tochter des Bürgermeisters, entgegenkam. Lisa war nur wenig älter als Pierre und hatte mit ihm zusammen die Schule besucht. Danach hatte sie, wie die meisten jungen Leute aus dem Dorf, nur losen Kontakt zu ihm gehalten, weil sie fand, daß er allzu »anders« war. Lebhaft, ungestüm und ein wenig dreist, war sie mit Léon, dem Sohn des Schmieds, verlobt gewesen, hatte sich aber nach einiger Zeit wieder von ihm getrennt. Seitdem machten die meisten jungen Männer der Bürgermeisterstochter emsig den Hof, weil sie nicht nur hübsch und intelligent, sondern obendrein eine ausgezeichnete Partie war. Pierre war sie schon vor langem aufgefallen, aber sie war ihm immer unerreichbar erschienen, und außerdem hatte ihn seine Liebe zu Pauline voll und ganz in Beschlag genommen. Er grüßte sie und lächelte schüchtern. Zu seinem großen Erstaunen stürmte Lisa auf ihn zu.

»Na, Pierre? Wir hatten schon lange keine Gelegenheit mehr, ein bißchen miteinander zu plaudern. Offenbar ziehst du die Gesellschaft von Bäumen der von Mädchen vor.«

Der junge Mann wußte nicht, was er darauf erwidern sollte. Lisa faßte ihn am Arm. Sie forderte ihn auf, sie ein Stück zu begleiten, und erkundigte sich nach seinem neuen Leben in Le Clos. Als sie vor der Zufahrt des Landhauses standen, äußerte sie den Wunsch, es zu besichtigen. Pierre zeigte es ihr und auch das umliegende Grundstück. Von den wenigen verbliebenen schönen Möbeln war sie entzückt, und auch der Garten und der herrliche Blick begeisterten sie. Als sie sich verabschiedete, gab sie Pierre einen flüchtigen Kuß auf die Wange und flüsterte ihm ins Ohr: »Ich hoffe doch, du kommst am Samstag zum *lou festin*. Ich würde gern mit dir tanzen.«

Lisa meinte damit das Fest zu Ehren des heiligen Damians, des Schutzheiligen ihres Dorfes, das alljährlich drei Tage lang ausgiebig gefeiert wurde.

»Ich kann nicht tanzen«, stammelte Pierre.
»Und wenn schon! Ich bringe es dir bei!«

In den Tagen vor *lou festin* waren sämtliche Dorfbewohner auf den Beinen, um die Festivitäten vorzubereiten. Schon am Freitag reisten die Kapelle und mehrere fliegende Händler an. Tags darauf tröpfelten aus den Nachbardörfern grüppchenweise mehrere Dutzend Menschen ein. Wer Angehörige im Ort hatte, kam bei diesen unter, für alle anderen stellte das Dorf den großen Gemeindesaal samt Strohmatten zur Verfügung. Am Samstag abend, bei Sonnenuntergang, versammelten sich alle auf dem Platz. Nur die Stumme fehlte, sie mied solche Veranstaltungen wie die Pest. Honoré Fontin hielt seine traditionelle Rede und führte dann eine Farandole an, die fröhlich durch die Gassen des Dorfes zog. Emilie hatte es vorgezogen, am ersten Abend zu Hause zu bleiben. Pierre dagegen hatte sich zu den Feiernden gesellt. Die Kapelle empfing die Dorfbewohner auf dem Platz, und der Bürgermeister eröffnete stolz den Tanz zu den Klängen eines Akkordeons. Pierre war zwar kein guter Tänzer, aber er ließ sich von Lisas Schwung mitreißen. Schon bald hatte er, nicht zuletzt unter dem Einfluß von ein paar kräftigen Schlucken Wein, seine angeborene Schüchternheit überwunden und war von der Tanzfläche, die von unzähligen Lampions erhellt wurde, nicht mehr wegzukriegen. Die Mädchen rissen sich um ihn, und wer sich über den Erfolg des unbedarften und ein wenig linkischen jungen Mannes wunderte, dem erklärten die alten Frauen geflissentlich, daß er vor kurzem ein großes Bürgershaus samt einem Dutzend Hektar Land geerbt hatte.

3

Pierre erinnerte sich nicht mehr, wie oder mit wem er den Rest der Nacht verbracht hatte. Er hatte einfachen Rotwein getrunken, der ihm zu Kopf gestiegen war, und war verkatert in einer Scheune erwacht. Als er hinaustrat, bemerkte er die Gestalt der Stummen, die bei seinem Anblick schallend lachte und das Weite suchte. »Wenn sie doch nur sprechen würde, dann könnte sie mir sagen, was mit mir passiert ist«, dachte er. Er rannte zurück nach Le Clos, weil er seine Mutter zum Hochamt in die Kirche begleiten sollte. In den Gassen des Dorfes begegnete er verkleideten Kindern, die in Begleitung der Kapelle an sämtliche Türen klopften, um Spenden für die Finanzierung der Feierlichkeiten zu sammeln. Emilie war über das zerzauste Aussehen und die ungewöhnliche Erregung ihres Sohnes überrascht. Sie machte ihm keine Vorhaltungen, vermutete jedoch, daß er über die Maßen getrunken und die Nacht in den Armen eines Mädchens verbracht hatte, was bei diesen Festen häufig vorkam.

Um Viertel vor elf begannen die Kirchenglocken ohrenbetäubend zu läuten, und die Dörfler strömten in das kleine Gotteshaus. Emilie, die jeden Sonntag in die Kirche ging, begab sich gewöhnlich in den hinteren Teil zu den einfachen Landarbeitern. Doch kaum erschien sie heute auf dem Vorplatz, führte Abbé Lucien Sève, der die Gemeindemitglieder persönlich empfing, sie zur dritten Bankreihe, gleich hinter den wichtigsten Notabeln. Während der Feierlichkeiten sollte jeder seinem gesellschaftlichen Rang entsprechend plaziert sein, auch in der Kirche. Emilie und Pierre war diese unerwartete Aufwertung peinlich. Nach der Messe drängten sich auf dem Dorfplatz die Männer, allen voran die Notabeln und hohen Gäste, um den Ehrentrunk zu sich zu nehmen. In diesem Jahr beehrten der Chef der Gendarmeriebrigade des Kantons sowie drei Bürgermeister benachbarter Ortschaften das Dorf mit ihrer Anwesenheit. Unterdessen standen die Frauen zu Hause am Herd und bereiteten mit Hilfe ihrer Kinder ein üppiges Mahl zu. Anschließend trug jede Familie die Platten auf den Dorfplatz, wo man zu diesem Anlaß Tische aufgestellt hatte.

Pierre und Emilie setzten sich zu den Fougasses ans Ende einer langen Tafel, doch Paul Austan, der Lehrer, lud sie an den zweiten Ehrentisch ein, an dessen einem Kopfende er saß und an dem auch die Familie des Cafébesitzers Platz genommen hatte. Pierre wurde neben Pauline gesetzt. Während ihr Vater sich darüber zu freuen schien, richtete die Tochter während des gesamten Essens kein Wort an ihren Tischnachbarn. Das betrübte Pierre, aber er war zu verlegen, um von sich aus die Initiative zu ergreifen. Erst gegen Ende der Mahlzeit, als er sich ein wenig Mut angetrunken hatte, wandte er sich an Pauline, um ihr ein Kompliment zu machen: »Du siehst sehr hübsch aus, weißt du das?«

»Ich bin überrascht, daß dir das auffällt«, entgegnete das Mädchen kühl.

»Was willst du damit sagen?« fragte Pierre verdutzt.

»Ich bin doch nicht blind. Oder meinst du, ich hätte gestern abend nicht mitgekriegt, daß du dich in die Tochter vom alten Fontin vergafft hast? Jetzt, wo du ein schönes Haus hast, solltest du mehr auf deinen Umgang achten.«

»Was redest du da? Ich kenne sie kaum.«

»Das hat dich aber nicht davon abgehalten, die Nacht mit ihr zu verbringen.«

»Wie bitte?«

»Verkauf mich nicht für dumm. Alle wissen es.«

Pierre wollte protestieren, doch da fiel ihm ein, daß er in der Scheune aufgewacht war. Er schaute zum ersten Ehrentisch hinüber und entdeckte Lisa. Als sich ihre Blicke kreuzten, zwinkerte ihm die junge Frau komplizenhaft zu. Pierre war wie vom Donner gerührt. Die Vorstellung, daß er die Nacht in den Armen der Bürgermeisterstochter verbracht haben könnte, warf ihn um. Er fühlte sich unwohl und stand auf.

Nachdem er am Brunnen einen Schluck Wasser getrunken hatte, marschierte er mit forschem Schritt die Straße entlang, um die Nachricht zu verdauen. Eine gute Viertelstunde später bog er in den Weg ein, der zur stillgelegten Mühle führte. Die kühle Luft, die vom Fluß aufstieg, tat ihm gut. Er zog seine Kleider aus und tauchte ins Wasser ein, um der zur Mittagszeit gnadenlos herabbrennenden Sonne zu entfliehen. Danach ging er auf das alte, halb verfallene Gemäuer zu, dessen unterer Teil von Brombeerranken und Sträuchern überwuchert war. Auf der Suche nach einem kühlen Fleckchen streckte sich Pierre im Schatten des großen, ausgedienten Holzrads im moosdurchwachsenen Gras aus, schloß die Augen und lauschte dem Plätschern des Wassers, das sich mit dem Vogelgezwitscher vermischte. Nach und nach verflüchtigten sich seine wirren Gedanken. Er lag reglos da und dachte an nichts als das erfüllende Gefühl, das seinen Körper und Geist durchströmte.

Pierre blieb lange am Flußufer. Irgendwann hörte er in der Ferne das Geläut der Kirchenglocken, welche die Dorfbewohner zum Vespergottesdienst riefen.

4

Da er zu spät kam, wartete er draußen vor der brechend vollen Kirche. Nach dem Gottesdienst trat der Abbé mit den Reliquien heraus; ihm gingen die Ministranten mit den Kirchenfahnen voran. Die Dorfbewohner zogen in einer Prozession zu der kleinen, dem heiligen Damian geweihten Kapelle, etwa zwanzig Minuten Fußmarsch oberhalb des Dorfes. Pierre bemerkte einen flüchtigen Schatten, der von Baum zu Felsen sprang und dem Zug in einigem Abstand folgte. »Sieh an, das muß die Stumme sein«, sagte er sich, und während er die altbekannten Kirchenlieder mitsang, dachte er über die Waise nach. Sie machten in der Nähe der heiligen Stätte ein Picknick und kehrten bei Einbruch der Dunkelheit mit brennenden Fackeln ins Dorf zurück. Auf dem Platz empfing sie die Kapelle. Sie stellten die Fackeln auf, und der Bürgermeister eröffnete den zweiten Tanzabend. Pierre setzte sich ein wenig abseits von den anderen und grübelte über die Ereignisse der vergangenen Tage nach. Er zuckte leicht zusammen, als er Lisa auf sich zukommen sah.

»Sag bloß, du kennst mich nicht mehr! Gestern abend warst du nicht so schüchtern.«

»Hör mal, Lisa, ich glaube, ich war gestern nicht ganz klar im Kopf, und ich weiß nicht, was wirklich zwischen uns vorgefallen ist –«

»Keine Sorge, es ist nichts passiert«, unterbrach ihn das Mädchen brüsk. »Du warst betrunken, und ich habe dich in die Scheune gebracht. Wir haben aneinandergekuschelt geschlafen, wie Bruder und Schwester. Aber egal, heute abend habe ich große Lust, mit dir zu tanzen. Na los, komm schon, bevor ich mir einen anderen schnappe, der nicht so zögerlich ist.«

Pierre mochte Lisas unverblümte Art nicht. Er brauchte Zeit, um zu begreifen, was in ihm vorging. Außerdem mußte er an Pauline denken. Schweigend wandte er den Blick ab. Die junge Frau schwankte zwischen Wut und Enttäuschung. Sie machte auf dem Absatz kehrt und sagte sich, daß er seine Meinung schon ändern würde, wenn es auf dem Fest erst richtig hoch herging.

Lange hing Pierre seinen Gedanken nach. Während zu den Klängen des Akkordeons ein Tanz auf den anderen folgte, bemerkte er irgendwann, daß Pauline auf der anderen Seite des Platzes saß und ihn anstarrte. Da begriff er, wie sehr er die Tochter des Cafébesitzers noch immer liebte. Pierre dachte kurz nach und beschloß, zu ihr hinüberzugehen. Er setzte sich neben sie, doch sie sagte kein Wort. Allen Mut zusammennehmend, fragte er: »Möchtest du mit mir tanzen, Pauline?«

Sie drehte sich zu ihm um und erwiderte ironisch: »Tanzt du denn jetzt auch mit Krämertöchtern?«

Pierre überlegte, was er darauf antworten sollte. Doch dann sagte er sich, daß die weibliche Psyche für ihn ein Buch mit sieben Siegeln und es daher besser war, wenn er gar nichts sagte oder einfach nur in Worte faßte, was er im Innersten seines Herzens fühlte – auf die Gefahr hin, alles zu verderben.

»Pauline, zwischen Lisa und mir ist nichts passiert. Ich habe immer nur dich geliebt.«

Sein Eingeständnis brachte Pauline ganz durcheinander.

»Stimmt es, daß die Geschenke ... daß du mir die Geschenke hingelegt hast?«

Bei diesen Worten wäre Pierre fast in Tränen ausgebrochen, doch er riß sich zusammen und antwortete mit zugeschnürter Kehle: »Ich hätte dir so viele Geschenke gemacht, wie du möchtest, aber du warst ja in François verliebt.«

»Ich weiß nicht mehr, wo mir der Kopf steht«, seufzte die junge Frau. »Es stimmt, ich habe François geliebt, aber er ist fort, und ich werde nicht mein ganzes Leben auf ihn warten. Außerdem hat er mich angelogen, was die Geschenke betrifft, und das kann ich ihm nicht verzeihen.«

Sie nahm Pierres Hand und drückte sie. So blieben sie eine Weile sitzen, bis Pauline schwungvoll sagte: »Laß uns tanzen!«

Nach ein paar Tänzen zog ihn Pauline, die im siebten Himmel zu schweben schien, von der Menge fort. Pierre folgte ihr mit klopfendem Herzen. Da sah er, wie Lisa das Fest fluchtartig verließ, und das versetzte ihm einen schmerzlichen Stich. Der Cafébesitzer hatte die Szene beobachtet. Er ahnte, was seine Tochter vorhatte. Zwar gefiel ihm die Vorstellung, daß Pauline die Nacht mit einem Jungen verbrachte, überhaupt nicht, doch er mußte daran denken, was für eine schöne Herberge das Landhaus abgeben würde, und deshalb beschloß er, ein Auge zuzudrücken.

In einer Scheune am Dorfrand schlang Pauline die Arme um Pierre und drückte ihre Lippen auf seine. Dann machte sie sich daran, ihre Bluse aufzuknöpfen. Obwohl ihm alles viel zu schnell ging, spürte Pierre ein nicht zu bezähmendes Verlangen in sich aufsteigen, dem er sich voller Wonne überließ. Er liebkoste den Körper der jungen Frau. Pauline, die etwas erfahrener war als er, half ihm, die Hose auszuziehen, und legte sich auf den Rücken. Pierre fühlte, wie ihn innerlich ein loderndes Feuer verzehrte.

Er hatte so lange auf diesen Augenblick gewartet, und dann war alles so schnell vorbei. Die Liebenden lagen noch einige Stunden engumschlungen beieinander und trennten sich erst mitten in der Nacht.

Pierre hatte keine Lust, schlafen zu gehen. Unauffällig machte er sich auf den Weg zum Steinacker. Seit seinem Streit mit dem Besitzer war er nicht mehr dort gewesen. Am Fluß ließ er sich am Fuß der Trauerweide nieder und dachte darüber nach, was er soeben erlebt hatte. Er fragte sich, warum es ihm so plötzlich gelungen war, die Liebe der beiden hübschesten Mädchen im Dorf zu wecken. Dann rief er sich Lisas Besuch in Le Clos in Erinnerung und auch ihren neidvollen Blick auf die schönen Möbel der Witwe Verdeuil. Wurde er nun um seiner selbst willen geliebt oder nur wegen der Erbschaft? Auch hätte er gern gewußt, ob Pauline womöglich nur seine Nähe gesucht hatte, weil sie auf Lisa eifersüchtig war. Schließlich kehrten seine Gedanken zum Steinacker zurück. Er mußte daran denken, wie der alte Roucas mit Steinen nach ihm geworfen und ihm verboten hatte, je wieder einen Fuß auf den Acker zu setzen. So verbrachte er den Rest der Nacht.

Kurz vor Tagesanbruch hatte er eine wichtige Entscheidung getroffen.

Am letzten Festtag ließ er sich nicht im Dorf blicken, sondern ging auf den Feldern und in den umliegenden Wäldern spazieren. Abends erzählte ihm seine Mutter, daß sich Pauline und Lisa nach ihm erkundigt hätten. Er nahm es mit einem Kopfnicken zur Kenntnis.

»Welche von beiden liebst du?« wollte Emilie wissen.

»Pauline«, antwortete Pierre, ohne zu zögern.

»Und sie? Liebt sie dich auch?«

»Das werde ich bald wissen«, sagte Pierre mit geheimnisvoller Miene.

Dann sah er seiner Mutter tief in die Augen.

»Maman, ich würde gern mit dir reden.«

Emilie wußte sofort, worum es ging, und insgeheim freute sie sich. Pierre fuhr fort: »Ich möchte dir mein Geheimnis anvertrauen. Das hätte ich schon vor langem tun können, weil ich weiß, daß es unter uns geblieben wäre, aber ich mußte erst einmal –«

»Ich weiß«, fiel ihm Emilie mit verständnisvollem Lächeln ins Wort. »Wir alle müssen manchmal bestimmte Dinge für uns behalten, weil sie nur uns angehen. Fühle dich nicht verpflichtet, es mir zu erzählen. Es ist nicht wichtig.«

»Ich habe eine schwerwiegende Entscheidung getroffen und brauche dein Einverständnis. Aber laß dir zuerst erzählen, was ich auf dem Steinacker entdeckt habe. Es ist etwas ganz Besonderes . . .«

5

Am nächsten Morgen stand er gegen sieben Uhr blendend gelaunt auf. Er frühstückte ausgiebig, half seiner Mutter in die Kutsche und lenkte das Pferd im Trott zur Kanzlei des Notars. Dort blieben sie über eine Stunde. Mit sichtlich zufriedener Miene kam er wieder heraus, in der Hand ein Dokument, das er auf Brusthöhe unters Hemd schob. Nachdem er Emilie in Le Clos abgesetzt hatte, fuhr er geradewegs zum Hof der Roucas weiter. Es war Essenszeit, und deshalb konnte er sicher sein, daß er Victor zu Hause antreffen würde. Tatsächlich öffnete der Bauer die Haustür einen Spaltbreit und hätte sie Pierre beinahe wieder vor der Nase zugeschlagen, als dieser ihm zurief: »Das ist das letzte Mal, daß ich Sie behellige. Ich verspreche Ihnen, daß ich Ihren Weinberg nie wieder betreten werde, aber vorher muß ich Ihnen etwas sehr Wichtiges mitteilen.«

Die Neugier setzte sich schließlich gegen die üble Laune des Bauern durch, und der Mann ließ Pierre brummend eintreten. Knapp dreißig Minuten später verließ Pierre den Hof wieder. Kaum hatte er die Tür hinter sich geschlossen, eilte das Bauernpaar ans Fenster und blickte dem jungen Mann hinterher. Als er nicht mehr zu sehen war, sagte Victor zu seiner Frau: »Er ist noch verrückter, als ich dachte.«

In den Tagen nach den Feierlichkeiten waren die Dorfbewohner mit dem Aufräumen beschäftigt. Abends wurde in den kleinen Häusern gesungen, und man zündete die übriggebliebenen Lampions an, die man an die Haustüren gehängt hatte. Die jungen Leute zehrten von ihren Liebeleien, die Alten schwelgten in Jugenderinnerungen. Lisa war traurig darüber, wie sich die Dinge entwickelt hatten. Sie begann Pauline zu hassen und setzte sich in den Kopf, Pierre zurückzuerobern, was ihren Kummer ein wenig linderte. Pauline dagegen war sehr vergnügt, machte sich wegen Pierres Abwesenheit aber allmählich Sorgen. Deshalb tat ihr Herz einen freudigen Satz, als sie die Gestalt des jungen Mannes an ihrem Fenster erblickte. Es wurde gerade dunkel. Pierre half ihr hinaus, und sie liefen über die Wiesen. Dann umarmten sie sich lange und flüchteten sich vor der kühlen Herbstluft in eine leerstehende Hütte. Während Pierre mit ein paar Reisigzweigen Feuer machte, fragte er: »Pauline, würdest du mich auch lieben, wenn ich das Haus und das Grundstück nicht hätte?«

Diese Frage überraschte die Tochter des Cafébesitzers. Entrüstet antwortete sie: »Was glaubst du denn! Hältst du mich etwa für die Bürgermeisterstochter? Ich habe schon immer etwas für dich empfunden. François hat mir etwas vorgemacht. Jetzt weiß ich ja, daß all die Geschenke von dir waren. Ich verachte ihn, weil er mich angelogen hat. Und dich liebe ich nicht wegen deines Besitzes, sondern weil du ein aufrichtiger Mensch bist und Herz hast.«

Pierre war von Paulines Worten gerührt und küßte sie zärtlich.

Nachdem sich die Bauern von der Plackerei im Sommer erholt hatten, nahmen sie die harte Arbeit im Oktober in Angriff. Die Frauen klaubten Kartoffeln, die Kinder ernteten Feigen, Bohnen und Kastanien. Mit ihren von Pferden gezogenen Pflugscharen pflügten die Männer die Felder und säten Weizen und Roggen aus. Wer nach der Reblausepidemie neue Weinstöcke angepflanzt hatte, war mit der Traubenernte zugange. Pierre packte als Pflüger bei den Fougasses mit an. Die Stumme war so glücklich, ihn wiederzusehen, daß sie nicht von seiner Seite wich. Auch Pierre freute sich, seine tägliche Begleiterin wiederzuhaben. »Sie ist mit Abstand die anständigste und argloseste Seele im ganzen Dorf«, sagte er sich, als er sie über die Felder laufen sah. Anschließend arbeitete er als Weinleser für den Bürgermeister, der in der Gegend die einzigen Weingärten besaß, die diesen Namen verdienten. Bei dieser Gelegenheit sah er Lisa wieder. Sie umgarnte ihn mit koketten Gebärden und schmeichelnden Worten, und beim abendlichen Weinfest machte sie sich an ihn heran und versuchte ihn zu küssen. Pierre, der ein wenig beschwipst war, ließ sie zuerst gewähren, doch dann mußte er an Pauline denken und riß sich zusammen. Verbittert erkannte Lisa, daß er die Tochter des Cafébesitzers tatsächlich liebte. Pierre und Pauline hatten tagsüber kaum Zeit, sich zu sehen, aber dafür verbrachten sie jede Woche heimlich ein oder zwei Nächte zusammen, meist unter freiem Himmel oder in einer Schäferhütte.

An Allerheiligen versammelten sich die Dorfbewohner zuerst in der Kirche und anschließend auf dem Friedhof, um der Toten zu gedenken. Obwohl Pierre kein sehr frommer Mensch war, nahm er wie alle anderen an den religiösen Festen teil, die im Dorfleben gewisse Akzente setzten. Seine tiefgläubige Mutter dagegen ging nicht nur sonntags in die Kirche, sondern manchmal auch unter der Woche, um sich zu sammeln oder für eine Heilige beziehungsweise einen Heiligen eine Kerze anzuzünden. Emilie Morin hatte festgestellt, daß sich ihr Gesundheitszustand in den vergangenen Wochen verschlechtert hatte. Sie hustete immer häufiger, und ab und zu spuckte sie sogar Blut. Inzwischen mußte sie unterwegs mehrmals anhalten, wenn sie zu Fuß ins Dorf ging. Aber sie wollte ihren Sohn nicht beunruhigen, und deshalb machte sie gute Miene zum bösen Spiel, klagte nicht und verbarg ihre Hustenanfälle hinter einem Taschentuch.

Mittlerweile waren fast zwei Monate vergangen, seit Pierre zuletzt auf dem Steinacker gewesen war. Er hatte dem alten Roucas versprochen, nicht mehr hinzugehen, und er hatte fest vor, sein Wort zu halten. Aber es kostete ihn schreckliche Überwindung. Er wurde immer nervöser, als fiebere er einem Ereignis entgegen, das auf sich warten ließ. Eines Novembermorgens schließlich klopfte Victor Roucas bei den Morins an die Tür. Emilie wunderte sich, was der Bauer wohl zu so früher Stunde wollte. »Ich muß Ihren Sohn sprechen«, sagte dieser nur und zog seine Mütze. Emilie bat ihn herein und ging Pierre holen, der gerade erst aufgestanden war. Unterdessen inspizierte der Bauer das Hausinnere, wobei seinem Scharfblick nicht das kleinste Detail entging. Da kam Pierre die schöne Eichentreppe herunter und forderte Roucas auf, ihn in den Garten zu begleiten. Sobald sie allein waren, blickte ihm der Bauer fest in die Augen.

»Ich habe über dein Angebot nachgedacht. Und ich bin einverstanden.«

Pierre war überglücklich.

»Ich überlasse dir den Steinacker im Tausch gegen deinen gesamten Besitz: Haus, Grund und Boden, Nebengebäude, Möbel und sonstige Einrichtungsgegenstände, Vieh und Werkzeug«, fuhr Roucas fort. »Wie es in der notariellen Urkunde geschrieben steht, gehört all dies mir, sobald deine Mutter stirbt, aber das Ackerland überläßt du mir schon jetzt. Im Gegenzug darfst du nach Lust und Laune auf den Steinacker gehen und hat niemand anderer als du das Recht, ihn zu betreten. Der Weinberg gehört dir, sobald ich in dieses Haus hier einziehe.«

Pierre nickte bedächtig. Er wagte nicht, seine Freude allzu offen zu zeigen aus Angst, der Bauer könnte es sich anders überlegen.

»Abgemacht«, sagte er nüchtern. »Dann brauchen wir nur noch beim Notar die Urkunden zu unterschreiben. Warum erledigen wir das nicht gleich heute?«

»Warum nicht?« wiederholte Victor Roucas schlicht.

Die beiden Männer fuhren in die Stadt.

Sie warteten den ganzen Vormittag, bis der dritte Anwaltsgehilfe verfügbar war. Da Emilie Morin sich bereits schriftlich mit dem Handel einverstanden erklärt hatte, brauchten nur noch sie beide die Schriftstücke zu unterschreiben. Anschließend gingen sie zusammen essen. Zu Pierres Überraschung zog der Bauer ein Geldstück aus der Tasche, um für beide zu bezahlen. Dieses kleine Opfer konnte Victor Roucas ohne weiteres erbringen. Er hatte soeben das beste Geschäft abgeschlossen, das ein Roucas je gemacht hatte: ein steiniger Acker gegen ein schönes, mit teuren Möbeln ausgestattetes Bürgerhaus samt zwölf Hektar Land, davon vier bestellt. Seine Vorfahren konnten stolz auf ihn sein, ebenso seine Kinder, die all dies einmal erben würden. Er hatte keine Ahnung, was Pierre bewegt haben mochte, ihm diesen absurden Handel vorzuschlagen. Natürlich argwöhnte er, daß an der Sache etwas faul war, aber er konnte sich den Kopf noch so sehr zerbrechen, er kam nicht darauf. Roucas hatte sich diskret über das Haus erkundigt, um herauszufinden, ob es darin womöglich spukte oder ob es von Termiten zerfressen war, aber es schien alles in Ordnung zu sein. Am Ende sagte er sich, daß Pierre verrückt und es besser war, wenn er, Roucas, daraus Nutzen zog als irgendein schamloses Luder aus dem Dorf wie diese Pauline oder Lisa.

Eigentlich hatte Pierre nur seinen Grund und Boden gegen den Steinacker eintauschen wollen. Aber er wußte, daß Roucas diesen nicht herausrücken würde, wenn er nicht etwas drauflegte. Um Zeit zu gewinnen und sich endlose Verhandlungen zu ersparen, hatte er sich deshalb – mit dem Einverständnis seiner Mutter – zu dieser radikalen Lösung entschlossen. Im übrigen ging es ihm dabei nicht nur um den Acker. Er hatte auch nichts dagegen, das große Haus loszuwerden, das ihm, wenn Emilie einmal nicht mehr da wäre, nicht viel nutzen, sondern nur von Habgier motivierte Liebschaften eintragen würde.

Wieder zu Hause, teilte Pierre seiner Mutter mit, daß der Handel perfekt sei. Er schloß sie in die Arme, und sie schwiegen eine Weile. Plötzlich spürte Emilie ein starkes Brennen in der Brust und konnte einen heftigen Hustenanfall nicht unterdrücken. Pierre war sehr beunruhigt und stellte entsetzt fest, daß seine Mutter Blut spuckte. Am nächsten Tag ließ er einen Arzt kommen. Die Diagnose war unerbittlich: Emilie litt an Tuberkulose. Ihr blieben nur noch wenige Wochen, allenfalls ein paar Monate. Diese Nachricht war für Pierre ein schwerer Schlag. Er hätte nie gedacht, daß ihn seine Mutter schon so bald verlassen würde. Da er ein bißchen abergläubisch war, machte er sich Vorwürfe, weil er den Handel so überstürzt hatte, und er fragte sich, ob sein verbissener Wunsch, den Steinacker zu erwerben, nicht zur Erkrankung seiner Mutter beigetragen hatte. Der Arzt erklärte ihm jedoch, daß das Übel schon seit langem im Körper seiner Mutter brütete. »Vielleicht wäre sie längst gestorben, wenn sie sich in den vergangenen Monaten nicht hätte schonen können«, fügte er hinzu, als er das Landhaus verließ.

6

Kaum hielt Victor Roucas die vom Notar beglaubigte Urkunde als Beweisstück in der Hand, hatte er keine Hemmungen mehr, die Nachricht von ihrem Handel zu verbreiten. Sie schlug ein wie eine Bombe. Das ganze Dorf sprach über nichts anderes mehr. All jene jedoch, die auf Pierre nach seiner Erbschaft zugegangen waren, fühlten sich düpiert und hatten nur bissige Bemerkungen für ihn übrig. Als Pauline es erfuhr, bekam sie einen Ohnmachtsanfall.

Später eilte sie zu ihrem Freund. Er goß gerade die Pflanzen im Garten. Pauline fiel über ihn her: »Stimmt es, was man sich über Roucas' Acker und dein Haus erzählt?« rief sie, ohne ihn zu grüßen.

»Ja, aber ...«, stammelte Pierre.

Er hatte seinen Satz noch nicht beendet, da verpaßte Pauline ihm eine schallende Ohrfeige und schrie: »Warum hast du mir das angetan? Du bist das Gespött des Dorfes, und ich mit dir. Du bist wirklich zu einfältig! Ich wußte, daß du nicht normal bist, und ich hätte mir denken können, daß du das Haus nicht halten kannst.«

Paulines Worte trafen ihn sehr. Trotzdem versuchte er sie zu besänftigen. Die junge Frau ließ aber nicht mit sich reden. Da wurde auch Pierre zornig und erinnerte sie daran, daß sie ihm geschworen hatte, ihn auch zu lieben, wenn er arm wäre. »Arm ja, aber nicht dumm«, warf sie ihm an den Kopf und lief davon. Verdattert blieb Pierre zurück.

In den folgenden Tagen und Wochen stellte er fest, daß er tatsächlich zum Gespött des ganzen Dorfes geworden war. Die Kinder warfen mit Steinen nach ihm und hänselten ihn mit Ausdrücken, die sie abends zu Hause aufschnappten. Die Notabeln nahmen Pierre gegenüber zwar eine gemäßigtere, aber durchaus kritische Haltung ein. Der Bürgermeister, der froh war, daß seine Tochter mit ihm nur einen kurzen Flirt gehabt hatte, konnte einfach nicht begreifen, was Pierre zu diesem Entschluß veranlaßt hatte, und er machte ihm handfeste Vorhaltungen. Auch Lisa war von der Neuigkeit schockiert. Da Pierre sie jedoch wegen Pauline fallengelassen hatte, schwankte sie zwischen Enttäuschung und Erleichterung. Trotzdem hatte sie aufrichtiges Mitleid mit dem jungen Mann, der plötzlich überall auf Ablehnung stieß. Sie hätte ihn gern besucht, aber ihr Vater verbot ihr strengstens, sich mit ihm abzugeben. Sogar Abbé Lucien Sève hielt Pierre eine Moralpredigt und sagte zu ihm, er hätte seinen Besitz lieber der Kirche schenken sollen, anstatt Roucas, diesen Ungläubigen, zu bereichern.

Die Nachricht von Emilie Morins Krankheit verstärkte den allgemeinen Eindruck von Absurdität und Vergeudung noch. Dieser verrückte Pierre würde also schon bald sein wunderschönes Haus verlassen, um mutterseelenallein auf einem brachliegenden Acker zu hausen. Roucas rieb sich die Hände, als er davon hörte. Obwohl er an Gott ebensowenig glaubte wie an den Teufel, spielte er mit dem Gedanken, der Jungfrau Maria eine Kerze anzuzünden, um ihr für dieses erneute Geschenk des Himmels zu danken.

Nur Paul Austan hielt sich mit Kommentaren zurück, ganz im Gegensatz zu den übrigen Dorfbewohnern, die sich keinen Zwang antaten. Er war über diese neuerliche Wendung genauso verblüfft wie alle anderen. Dieser unglaubliche Tauschhandel bestätigte offenbar die Uneigennützigkeit des jungen Mannes, an die der Lehrer seit jeher geglaubt hatte. Allerdings fragte er sich, warum Pierre so sehr an dem verlassenen Weinberg hing. Seine ursprüngliche Hypothese – weil ihm der Ort ganz einfach ein gutes Gefühl oder einen ästhetischen Genuß verschaffte – erschien ihm nun als Erklärung für Pierres fast zwanghaften Wunsch, den Acker zu erwerben, als zu schwach. Doch auch wenn sich der Lehrer das Hirn noch so sehr zermarterte – er konnte sich Pierres Verhalten nicht erklären. Andererseits kannte er ihn gut genug, um zu wissen, daß es nichts bringen würde, ihn zur Rede zu stellen. Also wartete er erst einmal ab.

Pierre war ratlos. Sollte er noch einmal mit Pauline reden oder sie sich aus dem Kopf schlagen? Als er es nicht mehr aushielt, beschloß er eines Abends, nach Einbruch der Dunkelheit an ihre Fensterscheibe zu klopfen. Pauline war zwar zuerst überrascht, doch dann öffnete sie das Fenster und ließ ihn herein. Sie setzten sich nebeneinander aufs Bett. Pierre schwieg.

»Wie geht es dir?« erkundigte sich Pauline verlegen.

»Ich bin traurig, daß du so reagiert hast. Ich hatte geglaubt, daß du mich aufrichtig liebst.«

»Aber ich war aufrichtig«, erwiderte sie heftig. »Ich habe dich liebgewonnen, und ich habe es genossen, in deinen Armen zu liegen. Ich habe nicht gelogen.«

»Warum hast du mir dann die kalte Schulter gezeigt, als du von dem Tauschhandel erfuhrst?«

»Es tut mir leid, wenn ich dich verletzt habe, aber du hast bei dieser ganzen Geschichte kein einziges Mal an mich gedacht. Du hast vollkommen egoistisch gehandelt. Du wolltest diesen steinigen Acker um jeden Preis haben und hast dich nicht einen Augenblick lang gefragt, ob ich mir überhaupt vorstellen könnte, in einer einsamen Strohhütte zu hausen. Das könnte ich nämlich nicht! Ob du es glaubst oder nicht: Auch ich würde lieber in einem schönen Haus leben und meine Kinder aufziehen.«

»Du hast ernsthaft daran gedacht, mit mir zusammenzuleben und Kinder zu bekommen?« fragte Pierre fassungslos.

»Da staunst du, was? Ich werde bald achtzehn, und ich denke eben auch über solche Dinge nach. Aber du hast alles vermasselt, indem du beschlossen hast, arm zu werden. Du lebst viel zu sehr in deiner Traumwelt, um zu kapieren, daß ein Mädchen wie ich eine gewisse Sicherheit braucht. Wenn du dir eine Frau und Kinder wünschst, wo willst du sie unterbringen? Und wie willst du sie ernähren?«

»Warum hast du mir das alles nicht früher gesagt?« protestierte Pierre, dem so etwas tatsächlich nicht in den Sinn gekommen war.

»Glaubst du etwa, du hättest Roucas dann nicht deinen ganzen Besitz überlassen, um an den alten Weinberg zu kommen?« fragte die junge Frau zurück und sah ihn prüfend an.

Pierre schlug die Augen nieder und schwieg. Pauline hatte ins Schwarze getroffen. Hätte er aus Liebe zu ihr auf den Steinacker verzichten können? Im Grunde seines Herzens wußte er, daß er das nicht gekonnt hätte. Da begriff er, daß seine Verbundenheit mit diesem Ort tatsächlich stärker als alles andere war.

»Siehst du? Du antwortest mir nicht! Aber was hat dieser Acker nur an sich, daß er dir wichtiger ist als ich? Wichtiger als alles andere?«

Pierre war erschüttert. Es fehlte nicht viel, und er hätte Pauline sein Geheimnis anvertraut. Doch er beherrschte sich, auch wenn es ihn große Überwindung kostete.

»Ich kann es dir nicht sagen ...«

»Das dachte ich mir«, brauste die Tochter des Cafébesitzers auf. »Entweder du bist verrückt, oder du liebst mich nicht. Wie dem auch sei, ich will nichts mehr von dir wissen.«

»Wirst du zu François zurückgehen?« fragte Pierre, der sich ganz elend fühlte und nicht wußte, wie er das Gespräch beenden sollte.

Seine letzte Bemerkung brachte Pauline vollends aus der Fassung.

»Ja, ich werde mich wieder mit François einlassen, sofern er mir verzeiht, daß ich ihn mit einem kleinen Bauerntölpel betrogen habe, der gerade mal dazu taugt, Ziegen zu hüten und im Wald vor sich hin zu träumen.«

Pierre war wie vor den Kopf geschlagen. Er brachte kein Wort heraus.

»Was glaubst du, warum man dich Schlafmütze nennt?« fuhr Pauline fort. »Na?«

Pierre blieb keine Zeit für eine Antwort. Aus dem

Flur fiel ein Lichtschein ins Zimmer, und gleich darauf näherten sich schwere Schritte der Tür. Der alte Jouan, dem sein Bankdarlehen schlaflose Nächte bereitete, war von der lauten Stimme seiner Tochter aufgeschreckt worden und kam nachsehen, was los war. Pierre war klar, daß er sich so schnell wie möglich durch das Fenster davonmachen sollte, aber ihm fehlte die Kraft. So blieb er, als Paulines Vater mit einer großen flackernden Öllampe ins Zimmer polterte, niedergeschlagen auf dem Bett sitzen. Pauline sprang auf, flüchtete sich in die Arme ihres Vaters und rief weinend: »Wirf ihn raus! Wirf ihn raus!« Der Cafébesitzer, der um die Unversehrtheit seiner Tochter bangte und ohnehin miserabler Laune war, stürzte sich auf Pierre und prügelte ihn windelweich. Der junge Mann ließ es geschehen, ohne den geringsten Widerstand zu leisten. Jeglicher Wille und jegliche Kraft hatten ihn verlassen. Von dem Lärm aufgescheucht, kamen Paulines Mutter und ihre Geschwister angelaufen. Mit vereinten Kräften entrissen sie Pierre dem tobenden Cafébesitzer, der ihn schließlich hinauswarf und ihm hinterherbrüllte, er solle sich nie wieder in der Nähe seiner Tochter blicken lassen, auch nicht, um Brot zu kaufen. Pierre schleppte sich nach Hause.

In den folgenden Wochen ging er nicht mehr ins Dorf, sondern verbrachte seine Zeit teils in Le Clos, teils auf dem Steinacker. Auch an traditionsreichen

Festen wie Weihnachten, Heiligdreikönig und Fastnacht nahm er nicht teil. François kehrte zu Jahresende über die Feiertage ins Dorf zurück und setzte sein Verhältnis mit Pauline fort, die sich nicht traute, ihm ihr Abenteuer mit Pierre zu beichten.

Zu Beginn der Fastenzeit konnte Emilie nicht mehr aufstehen, und so verbrachte sie die meiste Zeit mit Näh- oder Strickarbeiten im Bett. Pierre pflegte sie, wie es der Arzt verordnet hatte, doch er wußte, daß dies seiner Mutter das Ende allenfalls erträglicher machen würde.

Sein einziger Trost war, daß er nun wieder auf den Steinacker gehen konnte. Wie früher machte er sich in der Abenddämmerung auf den Weg, schlief, in eine dicke Wolldecke gehüllt, die er stets zwischen den Felsbrocken versteckte, auf dem Acker und kehrte in den frühen Morgenstunden heim. Emilie sah zwar, daß diese nächtlichen Ausflüge wie Balsam auf Pierres Seele wirkten, aber sie machte sich Sorgen wegen der zunehmend kalten Winternächte. Andererseits kannte sie jetzt das Geheimnis ihres Sohnes, und deshalb billigte sie sein Tun. Als er es ihr anvertraut hatte, hätte sie ihm beinahe auch ihres verraten, doch die Worte waren ihr seltsamerweise im Hals steckengeblieben. Trotzdem hatte sie den festen Vorsatz gefaßt, ihm endlich zu sagen, wer sein Vater war, und sie bereitete sich innerlich auf den Augenblick vor, den sie so lange vor sich hergeschoben hatte.

Eines Abends hatte sie einen heftigen Hustenanfall, bei dem sie viel Blut spuckte. Drei Tage lang war ihr Zustand sehr kritisch, dann verspürte sie eine leichte Besserung. Da wußte sie, daß ihr Ende nahte. Nach dem Abendessen bat sie ihren Sohn, noch einen Augenblick bei ihr im Zimmer zu bleiben.

»Pierre, ich spüre, daß mir nur noch wenige Stunden oder höchstens ein, zwei Tage bleiben.«

Als er protestieren wollte, brachte sie ihn mit einer Handbewegung zum Verstummen und sprach die Worte aus, über denen sie so lange gebrütet hatte.

»Seit zwanzig Jahren trage ich ein Geheimnis wie eine schwere Last mit mir herum. Nie konnte ich dir oder sonst jemandem sagen, wer dein Vater war. Wir haben nur wenige Stunden miteinander verbracht, aber du kannst dir nicht vorstellen, wie sehr ich ihn geliebt habe. Ich habe mir damals geschworen, daß er nie etwas von deiner Geburt erfahren sollte, und ich hatte Angst, du könntest nach ihm suchen. Verzeih mir, daß ich ihn immer geschützt habe, sogar gegen deinen berechtigten Wunsch, ihn kennenzulernen. Jetzt kannst du selbst entscheiden.«

Sie hustete krampfhaft und mußte mehrere Minuten unterbrechen. Pierre war tief bewegt. Sobald seine Mutter wieder ansprechbar war, sagte er zu ihr: »Mir hat es nie an etwas gefehlt. Du hast mir alles gegeben, was ich gebraucht habe.«

Emilie wurde schwer ums Herz. Sie lächelte ihren Sohn an und nahm seine Hand. Dann erzählte sie ihm, wie sie Jean Rivière kennengelernt hatte, und sagte ihm alles, was sie über ihn wußte.

Sie gab ihm auch den Brief und den Siegelring. Pierre tat so, als hätte er beides noch nie gesehen. Auf dem vergilbten Kuvert las der junge Mann abermals den Namen und die Adresse seines Vaters. Er schob Umschlag und Ring unter sein Hemd. Dann umarmten sie sich lange.

Am frühen Morgen brachte Pierre seiner Mutter eine große Tasse Kräutertee. Ein heftiger Schmerz durchfuhr ihn, als er feststellte, daß sie in der Nacht gestorben war. Er kniete nieder, bekreuzigte sich und blieb eine Weile bei ihr. Dann verließ er das Haus und lief in den Wald, um den Kummer seinen besten Freunden entgegenzuschreien: den Bäumen, den Vögeln, dem Fluß und dem Wind.

7

Die Beisetzung fand vier Tage nach Emilies Tod statt. So lange dauerte es, bis der Eichensarg, den Pierre für seine Mutter in Auftrag gegeben hatte, fertig war. Es war Anfang März, und in der Nacht hatte es gefroren. Eine dünne weiße Schicht bedeckte die Felder, und die Dorfbewohner zogen sich für die Totenmesse in der eiskalten Kirche warm an. Wie bei jeder Beerdigung erschien die Dorfgemeinschaft auch diesmal vollzählig. Victor und Léontine Roucas hatten gut sichtbar mitten in der Kirche Platz genommen, und dem alten Bauern fiel es schwer, seine Freude zu verbergen. Bei dieser Beerdigung herrschte eine eigentümliche Atmosphäre. Mit Ausnahme von Pierre dachten alle an nichts anderes als den Tauschhandel. Sie wußten, daß Victor Roucas das Landhaus noch am selben Abend in Besitz nehmen würde, und fragten sich, wo Pierre die

Nacht verbringen wollte. Die Fougasses hatten dem jungen Mann angeboten, wieder in die Kate zu ziehen, die er früher mit seiner Mutter bewohnt hatte. Zwar waren die Beileidsworte, die man dem jungen Morin aussprach, aufrichtig gemeint, doch insgeheim hatten die meisten Dörfler dabei den prachtvollen Besitz vor Augen, den er soeben verscherbelt hatte, und das erschien manch einem noch tragischer als der Tod der Mutter.

Der Sarg stand vor dem Altar. Pierre saß allein in der vordersten linken Reihe, während die wichtigsten Notabeln die vordere rechte sowie die drei Reihen dahinter belegten. Er wirkte gefaßt und sah nicht so aus, als würde ihn der Kummer niederdrücken. Immerhin hatte er Zeit gehabt, sich auf diesen Augenblick vorzubereiten, und er zehrte von seinem letzten innigen Abend mit Emilie.

Abbé Lucien Sève liebte Beerdigungen. Sie boten ihm Gelegenheit, sich an das gesamte Dorf zu wenden und die Ungläubigen, die nur zu solchen Anlässen in die Kirche kamen, mit wohlgereiften, spitzen Bemerkungen zu piesacken. Außerdem waren die Seelen seiner Gemeindemitglieder bei derart schmerzlichen Ereignissen besonders empfänglich, denn schließlich riefen letztere dem Menschen ihr unentrinnbares Schicksal in Erinnerung. Das machte er sich zunutze, indem er ihnen eine regelrechte Religionsstunde erteilte und ein paar handfeste Glaubenssätze und Moralbegriffe einbleute. Insofern fieberte er jedesmal dem Moment entgegen, wo er die Kanzel bestieg, um seinen Schäfchen zu predigen. Nachdem er ihnen in Latein aus dem Apostelbrief und dem Evangelium vorgelesen hatte, erklomm er feierlich die neun Stufen, hüstelte leise und ließ den Blick langsam über seine Zuhörerschaft schweifen.

Er begann seine Predigt mit einer Lobpreisung von Emilie Morins Tugenden und erinnerte daran, wie fromm, bescheiden und selbstlos sie gewesen sei. Dann kam er auf den Text aus dem Evangelium zu sprechen, den er soeben verlesen hatte. Da mit Ausnahme des Lehrers niemand Latein verstand, wiederholte er den Text auf französisch: »Was uns Jesus im Evangelium nach Matthäus in Kapitel 13 mitteilt, trifft wunderbar auf Emilie Morin zu, diese ergebene Jüngerin Christi, die begriffen hatte, daß das Himmelreich unendlich erstrebenswerter ist als jegliches irdisches Gut. Jesus redete in einem Gleichnis zur Menge und sprach: ›Abermals ist gleich das Himmelreich einem verborgenen Schatz im Acker, welchen ein Mensch fand und verbarg ihn und ging hin vor Freuden über denselben und verkaufte alles, was er hatte, und kaufte den Acker.‹«

Der Abbé machte eine Pause. In den Gesichtern der Gläubigen las er eine so große Verblüffung, daß er selbst über die Wirkung seiner Worte staunte. Plötzlich ging ihm auf, wie sie alle verstanden haben mußten, und er war so benommen, daß ihm schwindlig wurde.

Hilfesuchend klammerte er sich an die von ihm vorbereitete Auslegung des Textes: »Liebe Brüder und Schwestern ..., wer von uns, wenn er in einem Acker einen Schatz fände, würde nicht hingehen und alles verkaufen, was er hat, wie der Herr uns gemahnt, um diesen Acker zu kaufen, gleich zu welchem Preis ...?« In der Kirche hob ein Raunen an. Dem Geistlichen hörte niemand mehr zu.

Alle tuschelten mit ihren Banknachbarn.

»Wie konnten wir nur so dumm sein und nicht kapieren, daß Pierre auf dem Steinacker einen sagenhaften Schatz gefunden hat?« meinte der Cafébesitzer verdrossen zu seiner Tochter.

»Was für ein Esel dieser Roucas ist! Da hat er sich ganz schön reinlegen lassen!« feixte der alte Fougasse.

»Man sollte öfter im Evangelium lesen«, sagte die Lehrersgattin zu ihrer Cousine. »Laß uns Pierre zum Mittagessen einladen«, flüsterte der Bürgermeister seiner Frau zu.

Der Pfarrer konnte seine Predigt nur unter größter Mühe fortsetzen. »Wir alle würden einen solchen Menschen als verrückt bezeichnen ... Dabei besitzt er doch die wahre Weisheit ...« Er wurde von lautem Gepolter mitten in der Kirche unterbrochen. Rot vor Wut erhob sich das Ehepaar Roucas geräuschvoll von seinen Sitzen und verließ das

Gotteshaus unter dem Hohngelächter der Gemeinde. Die beiden schworen, daß man sie nie wieder in einer Kirche sehen würde.

Der Abbé hatte nicht die Kraft, seine Predigt zu beenden. Hastig stieg er von der Kanzel, brachte den Gottesdienst mehr schlecht als recht zu Ende und forderte die Gläubigen auf, am Sarg vorbeizudefilieren und dem Angehörigen der Toten ihr Beileid auszusprechen. Pierre schien die Aufregung der Gemeinde nicht zu bemerken. Er stand mit unverändert gefaßter Miene neben dem Sarg seiner Mutter. Die Dörfler, die ihn nun für ein ausgemachtes Schlitzohr hielten, taten so, als wenn nichts wäre. Ihre Beileidsbezeugungen waren auffallend überschwenglich und nachdrücklich. Während sie Pierre die Hand schüttelten, forschten sie in seinem Blick nach etwas Besonderem, nach einem ganz speziellen Funkeln, wie es doch eigentlich in den Augen eines Schatzentdeckers aufblitzen müßte. Doch alles, was sie sahen, war aufrichtige Trauer, und das überzeugte sie, daß offensichtlich sogar ein unermeßlich reicher Mann beim Tod seiner Mutter dasselbe verspürt wie jeder gemeine Sterbliche.

Beim Leichenzug zum Friedhof ging es ähnlich zu wie bei der Totenmesse. Noch nie hatte man bei einem Begräbnis einen solchen Aufruhr erlebt. Kaum war der feierliche Teil vorbei, wurde Pierre von einer Traube Neugieriger umringt, die um die Gunst des frischgebackenen Millionärs buhlten. Sie alle hatten einiges wiedergutzumachen. Viele luden ihn zum Mittag- oder Abendessen ein und boten ihm sogar eine Bleibe an. Aus Angst, als begierig dazustehen, wagte jedoch niemand, Pierre unverhohlen auf den Schatz anzusprechen, obwohl er allen im Kopf herumspukte. Pierre schlug sämtliche Einladungen höflich aus, abgesehen von der des Bürgermeisters, bei dem er nicht nein sagen konnte. Denen, die ihm geradezu eine Unterkunft aufdrängen wollten – einige boten ihm sogar ihr eigenes Schlafzimmer an –, erklärte er, er sei von so viel Mitgefühl gerührt, doch die Fougasses hätten ihm bereits angeboten, in der Kate zu schlafen, und damit sei er vollauf zufrieden.

Bis auf die Roucas, bei denen, so schien es, nun ebenfalls Trauer angesagt war, herrschte in sämtlichen Behausungen des Dorfes unglaubliche Aufregung. Bei großen Tischrunden wurden Fragen über Fragen aufgeworfen, und jeder gab nach Kräften seinen Senf dazu. Was für einen Schatz hatte Pierre wohl entdeckt, und wieviel war er wert?

»Millionen«, behauptete der Cafébesitzer mit glänzenden Augen, als sähe er tausend Diamanten vor sich.

»Wie viele Millionen?« fragte Pauline ungläubig.

»So viele Millionen, daß du damit mehrere Dörfer wie dieses aufkaufen und dir Personal halten könntest, um selbst nie mehr zu arbeiten«, sagte ihr Vater mit hervorquellenden Augen und bereute allmählich, daß er den jungen Morin so verdroschen hatte.

Alle fragten sich, ob der Schatz noch immer auf dem Acker vergraben war oder ob Pierre ihn vorsorglich an einen sicheren Ort geschafft hatte.

»Denk dran, was im Evangelium steht«, sagte François' Mutter zu ihrem Mann. »Der Mann, der auf einem Acker einen Schatz findet, versteckt ihn wieder und geht los, um den Acker zu kaufen. Deshalb meine ich, er hat ihn dort gelassen, wo er ist, und gewartet, bis ihm der Acker gehört, um ihn auszugraben.«

Dieser Meinung schlossen sich fast alle an, allerdings aus einem ganz prosaischen Grund: Wenn Pierre das Geld bereits beiseite geschafft hätte, warum hätte er dann noch den Acker gegen sein Haus tauschen sollen? Demnach lag der Schatz noch immer irgendwo auf dem Steinacker begraben. Das heizte die Spekulationen über die Größe des Funds von neuem an: Vielleicht konnte ein Mann allein ihn gar nicht tragen? Auch begriff man jetzt, warum Pierre immer nur nachts zum alten Weinberg ging: Es wäre viel zu riskant, das Gold bei Tage auszugraben, um mit den Händen darüber zu streichen. Die Gebildeteren wie der Lehrer gaben allerdings zu bedenken, daß ein Schatz geteilt werden müßte, und zwar zwischen dem, der ihn fand, und dem Eigentümer des Grundstücks, auf dem er vergraben lag, was im nachhinein erklärte, warum der junge Mann den Acker mit einer solchen Verbissenheit in seinen Besitz hatte bringen wollen.

Auch Paul Austan schloß sich der vorherrschenden Meinung an. Trotzdem blieb er skeptisch. Er konnte sich beim besten Willen nicht vorstellen, daß ein materieller Wert, und mochte er noch so groß sein, Pierre Morin etwas bedeutete.

DREI

I

Pierre saß an der Tafel des Bürgermeisters. Dieser bedauerte zutiefst, daß er abends zuvor den Abbé eingeladen hatte. Er hatte ihn jedoch nicht wieder ausladen können, weil der Kirchenmann sonst geglaubt hätte, er wolle versuchen, dem jungen Morin die Würmer aus der Nase zu ziehen. Insofern gestaltete sich die Unterhaltung sehr schwierig oder vielmehr überaus belanglos. Weder der Bürgermeister noch der Abbé wollten nämlich den Anschein erwecken, daß sie sich für den Schatz interessierten, und deshalb unterhielt man sich über alles mögliche, nur nicht über das Thema, das allen unter den Nägeln brannte. Schließlich lenkte der Abbé das Gespräch geschickt auf das einsturzgefährdete Kirchendach und betonte, daß man dringend einen großzügigen Spender finden müsse, bevor man mit den Ausbesserungsarbeiten beginnen könne. Pierre schien sich ernsthaft für das Kirchendach zu interessieren, aber er machte keinen Vorstoß und erwähnte auch mit keinem Wort den berüchtigten Schatz. Auch der Bürgermeister fand einen listigen Vorwand, um das bewußte Thema anzuschneiden und sich zugleich die Gunst des jungen Mannes zu sichern.

»Sag mal, mein lieber Pierre, dir fehlt es jetzt doch bestimmt an so manchem, wo du alles dem alten Roucas überlassen hast. Weißt du was? Ich würde dir gern helfen, auf deinem Acker eine anständige Hütte zu bauen.«

Der Abbé ließ dem jungen Mann keine Zeit zum Antworten, sondern beschied Honoré Fontin knapp: »Für das Kirchendach, mein Sohn, ist mir jede Spende willkommen.«

Pierre unterstützte das Ansinnen des Priesters und beteuerte dem Bürgermeister, daß es wesentlich dringlicher sei, das Dach des Gotteshauses zu reparieren, als ihm eine Unterkunft zu bauen. Honoré Fontin hätte den Abbé am liebsten auf der Stelle erwürgt, aber er lächelte nur und erwiderte dem Geistlichen: »Sagen Sie, Monsieur Abbé, diese Geschichte von dem Schatz, über den Sie heute morgen in der Messe gesprochen haben ...«

Bei diesen Worten zuckten alle Tischgenossen, Pierre ausgenommen, heftig zusammen.

»War das nur bildhaft zu verstehen, oder glauben Sie wirklich, daß einer von uns, wenn er zufällig einen Schatz findet, diesen wieder verscharren würde?«

Alle Augen waren auf Pierre gerichtet. Der wirkte jedoch leicht abwesend und verspeiste weiter sein Kaninchen mit Oliven, als gehe ihn die Unterhaltung nichts an. Der Abbé war sprachlos. Triumphierend schlug Honoré Fontin den Nagel ein.

»Also, ich persönlich würde ihn nachts ausgraben und an einen sicheren Ort bringen, bevor ihn irgendwer entdeckt, und gar nicht erst riskieren, daß der Besitzer des Ackers stutzig wird, weil ich ihm ein Angebot mache. Und Sie, Monsieur Abbé, was würden Sie in dieser Situation tun?«

»Ich«, meinte der Priester ausweichend, »befasse mich nur mit spirituellen Dingen.«

»Außer wenn es darum geht, Gelder für die Reparatur des Kirchendachs zu sammeln«, entgegnete Honoré Fontin und erntete damit allgemeines Gelächter.

»Spielen Sie nur den Schlauberger, mein lieber Freund«, meinte der Abbé pikiert. »Darf ich Sie meinerseits fragen, was Sie über einen Menschen denken würden, der, wie es uns die Heilige Schrift nahelegt, all sein Hab und Gut veräußert, um einen einfachen Acker zu kaufen – vorausgesetzt natürlich, Sie hätten keine Ahnung, daß er auf einen Schatz gestoßen ist. Würden Sie ihn rühmen und für einen Weisen nach dem Vorbild unseres Herrn halten, oder würden Sie ihn als Narren, als Verrückten abtun, wie es in ihrer Einfalt all jene tun würden, die den tieferen Sinn seines Handelns nicht begreifen?«

Dem Bürgermeister schwante, daß der Geistliche auf die harschen Worte anspielte, die er Pierre an den Kopf geworfen hatte, als er von dem Tauschhandel erfuhr. Er verfluchte abermals die Hinterlist des Pfarrers, der den jungen Mann außerdem daran erinnerte, wie jämmerlich er, der Bürgermeister, sich damals benommen hatte. Er grummelte etwas und versetzte dann in unüberhörbar feindseligem Ton: »Und Sie, Monsieur Abbé? Sie würden natürlich nicht wie alle anderen reagieren ... Es sei denn, Sie wären eingeweiht, durch die Beichte seiner Mutter, zum Beispiel ...«

»Wie können Sie es wagen!« protestierte der Pfarrer energisch und machte Anstalten, vom Mittagstisch aufzustehen.

In diesem Augenblick schaltete sich Luce Fontin, die schon seit geraumer Zeit spürte, daß die Unterhaltung zu entgleisen drohte, mit ihrem breitesten Lächeln ein: »Wollen wir nicht zum Kaffee ins Wohnzimmer hinübergehen?« Der Bürgermeister und der Abbé blickten sich tief in die Augen. Ihnen war klar, daß sie zu weit gegangen waren und Pierre womöglich noch verärgern würden. Also rangen sie sich ebenfalls ein Lächeln ab.

»Ausgezeichnete Idee«, verkündete Honoré Fontin.

Pierre entschuldigte sich für einen Augenblick. Er wollte frische Luft schnappen und ging hinaus in den Garten. Lisa nutzte die Gelegenheit, um einen Annäherungsversuch zu wagen. Sie war über die unglaubliche Wendung der Geschicke entzückt, denn im Grunde mochte sie Pierre gern und wäre sogar bereit gewesen, ihn noch mehr ins Herz zu schließen, hätte er nicht alles verdorben, indem er ihr Pauline vorzog und beschloß, wieder ein armer Schlucker zu werden. Seit Beginn der Mahlzeit hatte Pierre sie weder Ablehnung noch besondere Zuneigung spüren lassen, und deshalb wußte sie nicht recht, wie sie sich ihm gegenüber verhalten sollte. Sie befand sich jedoch in einer weitaus angenehmeren Lage als die Tochter des Cafébesitzers, die den jungen Mann eiskalt abserviert hatte, als sie von dem Tauschhandel erfuhr. Andererseits hatte Lisa Pierre seit diesem Vorfall nicht das kleinste Freundschaftszeichen gegeben, und deshalb konnte es durchaus sein, daß der junge Mann nun glaubte, auch sie hätte das Interesse an ihm verloren. Also entschloß sie sich zur Vorsicht und beschränkte ihre Bemerkungen auf Emilies Tod.

»Es tut mir so leid für dich und deine arme Mutter«, flüsterte sie, als sie sich neben ihn stellte. Pierre blickte starr zum Horizont, die Hände in den Hosentaschen und die Arme zum Schutz gegen die schneidende Kälte fest gegen die Seiten gedrückt.

Er drehte ihr kurz den Kopf zu, dann betrachtete er wieder die Landschaft.

»Danke, Lisa, das ist lieb von dir. Ich glaube, im Grunde ihres Herzens wollte sie gehen.«

»Meinst du damit, sie wollte nicht länger leben?«

»Wie du weißt, war sie sehr gläubig. Sie war immer davon überzeugt, daß sie im Himmel glücklicher sein würde, als sie es auf Erden je war. Zum Ende hin war sie müde und hatte keine Angst vor dem Sterben.«

»Und du? Denkst du oft an den Tod?«

»Heute notgedrungen, sonst eher selten. Aber wenn ich daran denke, dann ist es, als würde mein ganzes Wesen eins mit dem Wasser, dem Wind und der Erde ... Vor ein paar Tagen, kurz nach dem Tod meiner Mutter, hatte ich nachts einen merkwürdigen Traum: Ich war tot. Ich betrachtete meinen leblosen Körper und spürte tiefen Frieden in mir, als ich sah, wie das Blut langsam aus mir herausfloß, um sich mit dem Wasser eines Bachs, eines großen Flusses, eines mächtigen Stroms und der endlosen Ozeane zu vereinen.«

»Brrr ... Da gefriert mir das Blut in den Adern!«

»Mir würde es gefallen, so zu sterben. Lieber so als im Bett und dann in eine Holzkiste gesteckt zu werden.«

Lisa hätte gern das Thema gewechselt, aber sie wußte nicht, worüber sie sonst hätten reden können. Deshalb war sie erleichtert, als Pierre dem Gespräch von sich aus eine andere Richtung gab.

»Ich fand es traurig, daß wir uns nicht mehr gesehen haben, Lisa. Ich hatte den Eindruck, du würdest mich plötzlich nicht mehr kennen – so wie alle anderen.«

Der jungen Frau stockte das Herz. Sie brachte es nicht über sich, ihn anzulügen.

»Du hast recht. Es tut mir leid, und ich bitte dich um Verzeihung. Ich war wie alle anderen entsetzt, als ich erfahren habe, daß du für diesen Acker auf deinen ganzen Besitz verzichtet hast. Im ersten Moment dachte ich, du hättest den Verstand verloren. Dann wollte ich dich sehen und mit dir reden, aber mein Vater hat es mir verboten, und ich hatte nicht den Mut, dich trotzdem zu besuchen.«

»Ich danke dir für deine Offenheit«, antwortete Pierre und drehte sich zu ihr um.

In diesem Augenblick trat Honoré Fontin aus dem Haus und schimpfte die jungen Leute: »Heda, ihr Turteltäubchen! Das ist nicht der richtige Moment zum Schäkern. Dafür ist es zu kalt. Kommt herein und trinkt einen schönen heißen Kaffee.«

Lisa war der Auftritt ihres Vaters peinlich. Er zeigte allzu deutlich, wie sehr er sich wünschte, daß die beiden wieder zusammenfanden.

Beim Kaffee wetteiferten der Bürgermeister und der Abbé mit Aufmerksamkeiten gegenüber Pierre. Beide boten ihm an, ihn bei sich aufzunehmen, bis er eine »dauerhafte Lösung« gefunden hatte, soll heißen, bis er sich von seinem Schatz eine fürstliche Bleibe hatte bauen lassen. Pierre lehnte ihr Angebot höflich ab und beteuerte, daß er bei den Fougasses sehr gut untergebracht sei. Dann verabschiedete er sich von seinen Gastgebern. Lisa küßte ihn zärtlich und fragte: »Wann sehen wir uns wieder?«

»Ich brauche jetzt ein, zwei Wochen für mich allein«, antwortete Pierre. »Aber danach würde ich mich freuen, wenn wir uns öfter sehen würden als in den vergangenen Monaten.«

Die ironische Spitze entging der jungen Frau nicht. Sie sagte sich, daß Pierre Zeit brauchte, um wieder Vertrauen zu fassen, und tröstete sich mit dem Gedanken, daß sie einen guten Vorsprung vor ihren Rivalinnen hatte, insbesondere vor Pauline.

2

Ausgerechnet jetzt, wo er die Einsamkeit suchte, war Pierre bei den Dorfbewohnern so gefragt wie nie. Nacheinander kamen alle vorbei, um ein wenig mit dem künftigen Millionär zu plaudern, doch keiner fragte direkt nach dem Schatz. Da die Feldarbeit noch nicht begonnen hatte, verbrachte Pierre die meiste Zeit auf dem Steinacker. Die Dörfler folgten ihm dorthin, und manche belauerten ihn nachts stundenlang in der Hoffnung, ihn dabei zu ertappen, wie er seine Beute ausgrub. Pierre merkte es jedoch und verjagte die Eindringlinge resolut. Der einzige Mensch, den er duldete, war die Stumme. Die Kleine war selig, daß Pierre den Acker gekauft hatte. Sie hatte nämlich dem wachsamen Auge des früheren Besitzers immer wieder ein Schnippchen geschlagen und sich in der Gegend herumgetrieben. Seit Emilies Beerdigung war sie fast nur noch dort und suchte verstärkt die Nähe des jungen Mannes. Pierre teilte oft sein Abendbrot mit ihr. Wie immer ging sie ein wenig auf Distanz, war jedoch weniger scheu und spielte ihm ab und zu einen Streich, über den sie sich dann vor Lachen ausschüttete. Ihr Wandel war so frappierend, daß Pierre sich fragte, ob sie nicht doch plötzlich die Sprache wiederfand, vielleicht beim Spielen oder bei einem Spaziergang am Bach.

Honoré Fontin suchte nach einem Weg, sich mit Pierre gutzustellen. Er schlug ihm vor, den Zugang zum Weinberg einzuzäunen, um ihm lästige Besucher vom Leib zu halten. Pierre mochte zwar keine Zäune, aber er nahm das Angebot des Bürgermeisters an, weil er seinen Frieden haben wollte. Der Bürgermeister war darüber so erfreut, daß er sogleich zehn Mann damit beauftragte, eine zwei Meter fünfzig hohe Holzbarrikade zu bauen, die Eindringlinge zwingen sollte, sich durchs Gehölz zu schlagen, was ein nächtliches Anschleichen unmöglich machte.

Der Cafébesitzer wollte nicht nachstehen. Zwar hatte er sich geschworen, nach dem Vorfall in Paulines Zimmer nie wieder mit Pierre zu sprechen, aber mittlerweile bedauerte er es, daß sich der junge Mann nicht mehr für seine Tochter interessierte. Eines Morgens sagte er zu ihr: »Du solltest dich mit dem jungen Morin versöhnen.«

»Wieso?« erwiderte Pauline patzig. »Weil er einen Schatz entdeckt hat?«

»Was fällt dir ein?« herrschte ihr Vater sie wutentbrannt an.

»Ihr denkt doch alle nur daran! Aber glaub ja nicht, daß ich mit ihm schlafe, nur damit ihr sein Geld erbt!«

»Was fällt dir ein?« brüllte ihr Vater noch einmal.

»Außerdem ist er nicht weniger ein Träumer, nur weil er jetzt reich ist. Er wird weiter den lieben langen Tag in der Gegend herumbummeln und nach Vögeln und Schmetterlingen Ausschau halten. Ich möchte aber einen ehrgeizigen Mann, der mit beiden Beinen auf dem Boden steht«, verkündete Pauline und verließ das Zimmer.

Angesichts der Halsstarrigkeit seiner Tochter mußte der Cafébesitzer seine Strategie ändern. Er war überzeugt, daß Pierre warten wollte, bis die Wachsamkeit der Dorfbewohner nachließ, bevor er seinen Schatz ausgrub, und daß er bis dahin jede Nacht vor Ort verbringen würde, um ihn zu bewachen. Deshalb konnte er ihn dazu überreden, mit seiner Hilfe eine Schäferhütte zu bauen. Der Cafébesitzer wollte sie eigentlich an einer möglichst windgeschützten Stelle unterhalb des Ackers, in Flußnähe, errichten, doch Pierre bestand darauf, daß sie ganz oben auf dem Hügel unter der großen Eiche gebaut wurde. »Wie raffiniert!« dachte Paulines Vater. »So hat er seinen Acker besser im Blick. Oder ist der Schatz etwa unter dem Baum vergraben?«

Zwei Monate vergingen. Die Feldarbeiten hatte nach und nach begonnen. Trotz zahlreicher Angebote, anderswo für einen besseren Lohn zu arbeiten, ging Pierre wieder den Fougasses auf deren Hof zur Hand. Nachdem die Bauern Kartoffeln und Bohnen angebaut hatten, bestellten sie die Wiesen und säuberten die Bewässerungsgräben, und sobald das schöne Wetter einsetzte, begannen sie, täglich das Vieh auf die Weide zu führen.

Pierre, der meist von der Stummen begleitet wurde, brachte die wenigen Tiere der Fougasses zum Weiden. In letzter Zeit war er wieder etwas geselliger geworden. Manchmal ließ er sich von einer Familie aus dem Dorf zum Abendessen einladen. Ob reich oder arm – seine Gastgeber bewirteten ihn jedesmal fürstlich und köpften ihre besten Flaschen. Die Mädchen machten ihm schöne Augen, und die Mütter hofften insgeheim, daß er sich für ihren Nachwuchs interessierte. Abgesehen von Lisa, machte Pierre den Mädchen aber keine Hoffnungen.

Der Tochter des Bürgermeisters war es gelungen, das Vertrauen des jungen Mannes zurückzugewinnen, und mittlerweile empfand er für sie echte freundschaftliche Gefühle. Doch sein Herz litt noch immer unter der mißglückten Romanze mit Pauline. Er konnte ihre Beweggründe ja verstehen, aber die Tochter des Cafébesitzers hatte ihn zweimal so eiskalt abblitzen lassen, daß in ihm etwas zerbrochen war. Deshalb verwendete er nun all seine Zeit darauf, eine Beziehung zu Lisa aufzubauen. Wie alle anderen Dorfbewohner war auch sie schließlich zu der Überzeugung gelangt, daß Pierre weit weniger naiv war, als er vorgab. Er hatte es geschafft, das Mißtrauen des alten Roucas einzuschläfern und den Steinacker in seinen Besitz zu bringen, und das war eine Glanzleistung. Lisa wußte auch, daß Pierre um seiner selbst willen und nicht wegen seines Geldes geliebt werden wollte, und deshalb vermied sie geflissentlich jede Anspielung auf den Schatz. Bei ihren Treffen mittags im Schatten einer Zypresse oder abends im Mondschein ließ sie sich mehr und mehr von der Sanftmut und entwaffnenden Schlichtheit des jungen Mannes erweichen. Pierre spürte seinerseits den Wandel im Herzen der jungen Frau und warf nach und nach auch die letzten Bedenken über Bord.

An einem der ersten heißen Sommertage wurden sie spätnachmittags von einem Gewitter überrascht, als sie auf der Weide das Vieh hüteten. Hals über Kopf flüchteten sie sich in einen winzigen Unterstand. Bis auf die Haut durchnäßt, drängte sich Lisa an Pierre, und er ließ es geschehen. Nachdem sie sich minutenlang schweigend aneinandergeschmiegt hatten, knöpfte Pierre langsam ihre nasse Bluse auf, unter der sich ihre Brustwarzen abzeichneten. Er zog die junge Frau auf den mit getrockneten Gräsern ausgelegten Boden, und sie liebten sich. Lisa brachte ihm bei, sein Verlangen zu zügeln, und schließlich ließ er sich von der Woge mitreißen, die auch die junge Frau mit sich forttrug. Er verspürte ein ähnlich erfüllendes Glücksgefühl wie im Dunst der Morgendämmerung, wenn er sah, wie ein Lichtstrahl den Himmel durchbrach. Von der Tiefe seiner Liebe gerührt, wickelte Lisa zärtlich seine langen Haarsträhnen um ihre schlanken Finger. Sie merkte, daß sie ihn längst fest in ihr Herz geschlossen hatte, selbst wenn sich die Geschichte mit dem Schatz als Hirngespinst entpuppen sollte.

Ab diesem Augenblick verbrachten sie von Tag zu Tag mehr Zeit miteinander, allerdings nie die Nächte. Das lag nicht etwa an Lisas Eltern, die liebend gern über die nächtlichen Eskapaden ihrer Tochter hinweggesehen hätten, sondern an Pierre, der sich nach wie vor dagegen sträubte, daß sie bei ihm auf dem Steinacker schlief. Lisa begriff, daß er ihr noch nicht genügend vertraute, um sein Geheimnis mit ihr zu teilen. Obwohl sie vor Neugier brannte, fand sie sich damit ab und verlor kein Wort darüber.

Ganz anders die Dorfbewohner. Je mehr Zeit verging, desto unverhohlener sprachen sie Pierre auf das Thema an, das ihnen keine Ruhe ließ. Doch er antwortete nicht auf ihre Fragen, was ihre Phantasie nur noch mehr schürte.

So kam es, daß vier Monate nach Emilie Morins Beerdigung niemand im Dorf auch nur das Geringste über den famosen Fund in Erfahrung gebracht hatte, und Pierre wollte anscheinend noch Ewigkeiten warten, bis er seinen Schatz ausgrub.

Eine gewisse Verdrossenheit, in die sich echter Ärger mischte, machte sich breit. Die einen fragten sich, ob man den jungen Mann nicht zur Rede stellen sollte, andere zogen die Existenz des Schatzes in Zweifel. In dieser Frage war das Dorf gespalten. Im Lauf der Wochen gewann das Lager der Skeptiker an Terrain, und einige Dörfler bereuten allmählich, daß sie ihren besten Wein mit dem getrunken hatten, den sie mittlerweile für einen Hochstapler hielten.

Da nahm die Geschichte eine ungeahnte Wendung.

3

Eines schönen Julitages um die Mittagszeit, als die Notabeln gerade beim Aperitif saßen und sich ihr Gespräch – wieder einmal – um den berühmten Schatz drehte, schnappte ein Reisender, der im Dorf am Brunnen haltgemacht hatte, um seine Feldflasche aufzufüllen, ein paar Bruchstücke ihrer Unterhaltung auf. Er spitzte die Ohren. Das bemerkte Honoré Fontin. Jäh wechselte er das Thema und machte seine Tischgenossen mit einer Kopfbewegung auf den Fremden aufmerksam. Der Mann nutzte die Gelegenheit, um sich den Notabeln zu nähern, die ihn aus den Augenwinkeln argwöhnisch musterten.

»Verzeihen Sie, daß ich Sie so unverhohlen anspreche, meine Herren, aber ich habe mitbekommen, daß Sie sich Gedanken über einen Schatz machen, der möglicherweise auf einem Acker vergraben liegt.«

Bei diesen Worten wandten sie die Köpfe ab. Nur der Lehrer hielt dem Blick des Unbekannten stand.

»Und mit wem haben wir die Ehre?«

Der Mann entschuldigte sich und stellte sich vor: »Alphonse Brunet. Ich bin Geschichtslehrer in der Hauptstadt unseres Departements und verbringe gerade die Ferien hier ganz in der Nähe, bei meinem Bruder.«

»Und inwiefern interessiert Sie die Geschichte von dem Schatz, von der Sie gehört zu haben glauben?« fragte der Lehrer weiter, den es beruhigte, daß er es mit einem Kollegen zu tun hatte.

»Es ist seltsam«, antwortete der Fremde und wischte sich die Stirn mit seinem Taschentuch ab, »aber wissen Sie, als Historiker interessiere ich mich für die Vergangenheit der Stadt und insbesondere für ihre Kathedrale. Nun, unlängst bin ich in den Archiven des Erzbistums auf eine merkwürdige Geschichte von einem Schatz gestoßen.«

Seine Zuhörer schoben ihm einen Stuhl hin, und der Mann fuhr mit seinem Bericht fort: »Sie geht auf die Revolution zurück. Damals barg die Krypta der Kathedrale eine sagenhafte Beute, die die Kreuzfahrer nach der Plünderung Konstantinopels im Jahre 1204 mitgebracht hatten und die aus Edelsteinen von unschätzbarem Wert, Kronen und Armbändern aus massivem Gold, Perlenketten und mit Rubinen, Smaragden und Diamanten so groß wie dieser Stein bestückten Ringen bestand.«

Die anderen rückten näher an den Mann heran und starrten den Kieselstein auf dem Boden an, auf den er zeigte.

»Natürlich versuchten die Revolutionäre, den Schatz an sich zu bringen«, berichtete der Historiker weiter.

»Natürlich«, wiederholte mit ernster Miene der Bürgermeister, dem die Worte des Fremden eingingen wie Milch und Honig.

»Und das wäre ihnen auch fast gelungen, weil sie die Tür zur Krypta kurzerhand aufbrachen. Aber der Schatz war verschwunden.«

»Mein Gott!« entfuhr es Augustin Fouque, dem Schmied.

»Der Kaplan der Kathedrale, Abbé Séraphin Loriou, hatte den Einbruch vorausgeahnt. Deshalb hatte er den Schatz vorsorglich herausgeholt und einstweilen in seinem Schlafzimmer versteckt. Aber seine Haushälterin, die mit den Revolutionären unter einer Decke steckte, verriet ihn. Trotzdem gelang es dem Kaplan, auf einem Pferd zu fliehen. Den Schatz steckte er in zwei große Leinentaschen. Er galoppierte die ganze Nacht hindurch, mit zwanzig Reitern auf seinen Fersen ... Uff, ist das heiß«, unterbrach sich der Mann und wischte sich erneut die Stirn trocken.

»Einen gutgekühlten Rosé für unseren Freund!« rief der Cafébesitzer seiner Frau zu, die dem Bericht des Reisenden im Inneren des Hauses so gut wie möglich zu folgen versuchte.

Sie kam mit einer Flasche herbeigeeilt und nutzte die Gelegenheit, um in Hörweite zu bleiben. Als der Mann seinen Durst gelöscht hatte, fuhr er fort: »In den frühen Morgenstunden wurde der arme Kaplan schließlich von den Revolutionären eingeholt, aber vorher hatte er noch Zeit gehabt, den Schatz in Sicherheit zu bringen. Sie unterzogen ihn allen nur erdenklichen Foltermethoden, um herauszubekommen, wo er die Beute versteckt hatte, aber der Geistliche nahm sein Geheimnis mit in den Tod, und seither gilt der Schatz des Erzbistums als verschollen.«

Tiefes Schweigen machte sich breit. Der Lehrer brach es als erster: »Weiß man denn ungefähr, wo der Kaplan von den Reitern eingeholt wurde und den Schatz hätte verstecken können?«

»Hier ganz in der Nähe, soviel steht fest. Deshalb mußte ich ja sofort an diese Geschichte denken, als ich Sie von einem Schatz reden hörte, der hier in der Gegend versteckt sein soll.«

Die Dorfbewohner sahen sich sprachlos an. Mit einem leichten Zittern in der Stimme erkundigte sich der Bürgermeister:

»Verfügt man über genauere Angaben, die den Ort näher eingrenzen?«

»Nicht wirklich«, erwiderte der Fremde. »Zeitzeugen zufolge hatten die Reiter etwa zwanzig Meilen in nordöstlicher Richtung zurückgelegt, als sie den Kaplan einholten, was uns in die Umgebung dieses Dorfes führt. Der Kaplan hatte die Beute offenbar gerade verscharrt, denn seine Hände waren zerschürft, und er war zu Fuß unterwegs, weil er sein erschöpftes Pferd stehengelassen hatte. An die Details erinnere ich mich nicht mehr, nur daß man seine Leiche später in einem Flußbett gefunden hat.«

»In einem Flußbett!« riefen alle im Chor.

»Ja, oder in einem Bach, das weiß ich nicht mehr genau. Dazu müßte ich meine Nase mal wieder in das Archiv stecken. Über dreißig Jahre hat man die Gegend durchkämmt – vergeblich. Meiner Meinung nach wäre es purer Zufall, wenn man irgendwann auf den Schatz stoßen würde. Apropos, nun erzählen Sie mir doch, von was für einem Schatz Sie vorhin gesprochen haben.«

Die Dörfler schwiegen. Schließlich rückte der Lehrer widerstrebend mit ein paar Sätzen heraus: »Seit ein paar Monaten kursiert hier das Gerücht, daß ein junger Mann auf einem Acker ganz in der Nähe einen Schatz entdeckt hat. Aber gesehen hat den Schatz bisher noch keiner, und deshalb halten wir es für sehr wahrscheinlich, daß diese Geschichte jeder Grundlage entbehrt und der Phantasie der alten Frauen im Dorf entsprungen ist.«

»Das ist in der Tat sehr wahrscheinlich«, stimmte der Historiker zu. »Aber man kann nie wissen! Jetzt kennen Sie die Geschichte vom Schatz aus der Kathedrale. Also passen Sie auf, ob Ihre Pflugschar nicht womöglich eines Tages in der Erde auf einen merkwürdigen Gegenstand stößt!« witzelte er und lachte schallend, während er seinen Hut aufsetzte.

Auch die Notabeln versuchten sich ein Lächeln abzuringen, aber in Gedanken waren sie auf dem Steinacker.

»Auf jeden Fall müßte der Schatz mit dem Erzbistum geteilt werden, dem er nach wie vor gehört«, fügte der Reisende hinzu.

»Ist es möglich, das berühmte Archiv in der Kathedrale einzusehen?« fragte der Lehrer den Fremden, der Anstalten machte aufzustehen.

»O, nein! Dazu erhält nur ein Historiker wie ich mit einer Sondergenehmigung oder allenfalls ein Geistlicher Zugang. Die Kirche hat es nämlich nicht so gern, wenn Neugierige in ihren Familienpapieren herumschnüffeln.«

»Wir haben Ihre Zeit schon viel zu lang in Anspruch genommen«, verkündete der Bürgermeister überschwenglich und war dem Mann beim Aufstehen behilflich. »Sie haben bestimmt noch ein gutes Stück Weg vor sich. Auf jeden Fall haben Sie uns mit dieser abenteuerlichen Geschichte bestens unterhalten. Es wäre mir eine Freude, Sie wiederzusehen, Monsieur ...«

»Brunet, Alphonse Brunet. Na dann, auf Wiedersehen, meine Herren, und erfolgreiche Jagd!«

»Wie bitte?« fragte Firmin Jouan verdattert.

»Erfolgreiche Schatzjagd!« rief der Reisende im Davongehen fröhlich.

»Genau … Und Ihnen gute Reise!« schickte ihm der Bürgermeister hinterher, erleichtert darüber, daß der Fremde weiterzog.

Er drehte sich zu seinen Kameraden um und schärfte ihnen ein: »Das behalten wir am besten für uns. So eine Nachricht sorgt im Dorf nur für Unruhe.«

»Meine Frau hat alles mitgehört«, gab der Cafébesitzer leicht verlegen zu bedenken.

»Dann sag ihr, sie soll ihre Zunge hüten, wenn sie eines Tages vielleicht mal die Farbe von echtem Gold sehen möchte«, beschied ihn der oberste Würdenträger des Dorfes knapp.

Er wandte sich an den Lehrer, der der Existenz des Schatzes bisher am skeptischsten gegenübergestanden hatte.

»Und was halten Sie von alldem, mein Freund?«

Anfänglich hatten die Ausführungen des Reisenden Paul Austan sehr überrascht. Als ihnen der Mann dann jedoch den märchenhaften Schatz aus der Kathedrale beschrieb, fragte sich der Lehrer, ob die Schönheit der Juwelen Pierre nicht einfach betört hatte. Er traute dem jungen Mann durchaus zu, einen derartigen Schatz einzig und allein in der Absicht versteckt zu halten, dessen Schönheit zu bewundern, ohne daß er sich je auch nur von einem Goldstück trennte, um seine tägliche Kost aufzubessern. Insofern schloß er sich nun den anderen Dorfbewohnern an, für die feststand, daß es einen

Schatz gab. Unschlüssig war er nur in der Frage, welche Haltung man Pierre gegenüber einnehmen sollte. Der Lehrer wußte, daß die Notabeln jetzt vor keinem Mittel mehr zurückscheuen würden, um die Beute an sich zu bringen. Deshalb sagte er sich, daß es, um Entgleisungen zu verhindern, besser war, wenn er gemeinsam mit den anderen versuchte, den jungen Mann zum Sprechen zu bewegen. Er überlegte sich auch, daß es ihm schon ein einziges der Schmuckstücke ermöglichen würde, das Dorf für immer zu verlassen, sich eine prachtvolle Bibliothek zuzulegen und den Rest seines Lebens auf das Studium der Philosophie zu verwenden.

Nach langem Schweigen antwortete er deshalb auf die Frage des Bürgermeisters: »Ich glaube, meine Freunde, wir sollten der unerträglichen Warterei ein Ende machen und dafür sorgen, daß Pierre Morin seinen Schatz ausgräbt und teilt.« Die anderen nickten bedächtig und dachten sich eine Taktik aus, um Pierre dazu zu bringen, sein Geheimnis zu lüften. Zunächst aber mußten sie Abbé Lucien Sève einweihen und überreden, das Archiv des Erzbistums zu konsultieren.

4

Der Abbé hatte das denkwürdige Mittagessen beim Bürgermeister nicht vergessen. Deshalb hatte er auch keine gesteigerte Lust, sich an dem von den Notabeln ersonnenen Komplott zu beteiligen, um einen Teil des Schatzes zu ergattern. Allerdings schmeichelte ihm, daß er gebraucht wurde, und dem von Honoré Fontin vorgetragenen Argument, daß das Kirchendach in absehbarer Zeit nie repariert würde, wenn man dem Schicksal nicht ein klein wenig nachhalf, konnte er sich auch nicht verschließen. Am Ende schlug er sich also auf die Seite der Verschwörer, auch wenn ihm die Vorstellung, ein Kirchengut mit diesen erbärmlichen Gestalten zu teilen, gegen den Strich ging. Der Plan war simpel. Zuerst mußte der Abbé beim Erzbischof die Erlaubnis erwirken, Einblick ins Archiv nehmen zu dürfen, um zu überprüfen, ob die Behauptungen Alphonse Brunets hieb- und stichfest waren. Außerdem mußte er möglichst viele Informationen über die Beschaffenheit des Schatzes sowie über den Ort zusammentragen, an dem man die Leiche des Kaplans gefunden hatte. Sobald sie über diese Auskünfte verfügten, kamen zwei Vorgehensweisen in Betracht: Entweder die Angaben reichten aus, um selbst auf dem Steinacker nach dem Schatz zu suchen, oder, was wahrscheinlicher war, sie würden Pierre Morin mit den Tatsachen konfrontieren. Sie hofften, daß es der junge Mann mit der Angst bekam, wenn sie ihm schonungslos Herkunft und Zusammensetzung des Schatzes enthüllten, und wollten ihm dann klarmachen, daß er verpflichtet war, den gesamten Fund dem Erzbistum zu übergeben ... es sei denn, er erklärte sich bereit, mit ihnen zu teilen.

Also verfaßte Abbé Lucien Sève einen schönen Brief an den Erzbischof, in dem er diesem erklärte, er stelle Recherchen über die Geschichte seiner Gemeinde im vergangenen Jahrhundert an, und Zugang zum Archiv der Diözese erbat. Knapp vierzehn Tage später erhielt er einen positiven Bescheid vom Generalvikar. Die Notabeln legten zusammen, um ihm die Fahrtkosten zu bezahlen. Der Abbé verbrachte vier Tage in der Stadt und kehrte höchst aufgeregt ins Dorf zurück. Noch am selben Abend versammelten sich die sieben Verschworenen unter größter Geheimhaltung im Pfarrhaus. Der Abbé entkorkte eine gute Flasche Wein, wartete, bis alle verstummten, und ergriff dann feierlich das Wort. In dem Vierteljahrhundert, das er mittlerweile Pfarrer war, hatte er noch nie eine so aufmerksame Zuhörerschaft gehabt. Das erfüllte ihn mit unbändiger Freude, und er sagte sich, daß dieses Gefühl wohl dem nahekommen mußte, was die Mystiker Ekstase nannten.

»Liebe Freunde, zuerst möchte ich Ihnen sagen, daß ich all meine Intelligenz und Überredungskünste aufbringen mußte, um zu den berühmten Dokumenten vorzudringen«, erklärte er gravitätisch, die Aufmerksamkeit der Notabeln auskostend. »Die Archive der Pfarrgemeinde, für die ich eine Genehmigung hatte, sind nämlich an einem anderen Ort untergebracht als die der Kathedrale.«

»Bitte kommen Sie zur Sache«, unterbrach ihn der Bürgermeister gereizt.

Der Abbé ließ sich jedoch nicht aus der Ruhe bringen. »Nun gut«, fuhr er gelassen fort. »Stellen Sie sich vor, schließlich erhielt ich dank einer Cousine meiner Schwägerin Zugang zu den Dokumenten. Sie kennt nämlich den alten, als Bibliothekar tätigen Pfarrer, der früher ein paar hervorragende, von den Klerikern hochgeschätzte Werke über Kräutertees zur Behandlung bestimmter Magenleiden verfaßt hat ...«

»Lassen Sie uns nicht länger schmoren«, drängte

ihn Honoré Fontin, den die Abschweifungen des Kirchenmannes rasend machten.

»Mein Sohn«, erwiderte der Abbé, »Sie sollten wissen, daß Geduld eine Tugend ist, die sogar von den heidnischen Philosophen gepriesen wird. Wie dem auch sei, ich konnte die Worte von Alphonse Brunet überprüfen: Alles ist absolut richtig und hat sich genau so zugetragen, wie er erzählt hat.«

»Gütiger Himmel!« rief der Cafébesitzer, der die Geschichte noch immer nicht ganz glauben konnte.

»Haben Sie Genaueres in Erfahrung bringen können?« wollte der Lehrer wissen.

»Dazu komme ich jetzt. Tatsächlich ist zum Bericht des Historikers wenig hinzuzufügen. Dank der Aussagen von Zeitzeugen kann man die Gegend, in der die Revolutionäre den Kaplan stellten, ziemlich genau eingrenzen. Sie befindet sich in der Tat wenige Meilen von unserem Dorf mitten auf dem Land, in der Nähe eines Flusses oder Bachs. Dies legt die Vermutung nahe, daß es sich um den Bach handelt, der unterhalb vom Steinacker entlangfließt. Leider gibt es keine genauen Angaben darüber, auf welcher Höhe des Wasserlaufs der Kaplan die Beute vergraben haben könnte, und außerdem ist ja auch denkbar, daß er es ganz woanders getan hat, bevor er gefaßt wurde.«

»Das bringt uns nicht viel weiter«, murmelte der ehemalige Wachtmeister Isidore Lambert.

»Aber zumindest wissen wir jetzt, daß die Geschichte stimmt«, widersprach ihm der Abbé, darauf erpicht, die Bedeutung seines Einsatzes im Hinblick auf eine künftige Teilung zu unterstreichen.

»Und was haben Sie über den Schatz selbst herausgefunden?« erkundigte sich der Schmied.

»Er wurde von der heiligen Kirche im Lauf der Jahrhunderte gehortet, aber der Großteil stammt aus dem Vermächtnis eines reichen Gläubigen, der ohne Nachkommen starb, nämlich des Grafen Jules de Roumillac, der die Kostbarkeiten Anfang des 13. Jahrhunderts von den Kreuzzügen mitbrachte ...«

»Wir pfeifen auf Ihren Grafen«, fuhr der Bürgermeister abermals ungehalten dazwischen. »Haben Sie etwas über die genaue Zusammensetzung des Schatzes herausfinden können?«

Auf diese Frage war der Abbé gefaßt gewesen, und er hatte sich gut vorbereitet. Er antwortete nicht sofort, sondern zog ein großes Blatt Papier aus der Schublade und faltete es langsam auseinander.

»Ich hatte Gelegenheit, die vollständige Liste des Schatzes, den der heldenhafte Kaplan Loriou in Sicherheit brachte, abzuschreiben.«

Als sähen sie bereits das Gold funkeln, sprangen die Verschwörer auf, um das Papier zu studieren, doch der Abbé hielt sie mit gebieterischer Geste zurück.

»Bleiben Sie sitzen, meine Freunde. Ich werde Ihnen die Inventarliste des Schatzes aus der Kathedrale vorlesen.«

Er erhob sich bedächtig, sammelte sich einen Augenblick, wie er es vor seinen Predigten zu tun pflegte, räusperte sich, taxierte seine Zuhörerschaft und begann zu lesen. Kein Bibelspruch hatte bislang eine solche Wirkung auf seine Schäfchen gehabt. Mit gespitzten Ohren, hervortretenden Augen und zitternden Händen tranken die Notabeln jedes Wort von den Lippen des Pfarrers wie einen himmlischen Nektar. Die Verheißung der paradiesischen Wonnen hätte in ihnen sicherlich nicht ein so machtvolles Gefühl hervorrufen können wie jenes, das sie nun genossen.

Als der Abbé verstummte, senkte sich tiefes Schweigen auf die kleine Runde herab. Der Straßenwärter schloß die Augen, um den magischen Augenblick besser auskosten zu können. Der sonst so hartgesottene Schmied hatte feuchte Augen. Der Abbé blieb mit unter dem Kinn gefalteten Händen stehen, als wäre er tief in ein Gebet versunken.

Schließlich brach der Cafébesitzer den Bann.

»Jetzt brauchen wir nur noch Teil zwei unseres Plans auszuführen, das heißt, wir müssen Pierre Morin mit den Tatsachen konfrontieren und ihn zwingen, die Beute zu teilen.«

Der Bürgermeister seufzte vernehmlich.

»Ich kenne den komischen Vogel mittlerweile gut genug, um zu wissen, daß das nicht leicht sein wird. Er muß wirklich erst Angst vor der Gendarmerie kriegen, bevor er mit der Sprache herausrückt.«

»Das lassen Sie nur meine Sorge sein«, verkündete der ehemalige Wachtmeister selbstbewußt. »Ich habe schon viel härtere Nüsse als diesen jungen Traumtänzer geknackt.«

»Wir sollten allerdings keine Methoden anwenden, die gegen die christliche Moral verstoßen«, gab der Abbé zu bedenken.

»Wir müssen Pierre doch nur in aller Freundlichkeit davon überzeugen, daß ihm nichts anderes übrigbleibt, als den Schatz zu teilen, weil ihn nämlich sonst die Gendarmerie beschlagnahmt und dem Erzbistum zurückgibt«, erklärte der Lehrer. »Monsieur Abbé, Sie sollten Pierre morgen nach dem Abendbrot hierher einladen, aber lassen Sie mich mit ihm reden.«

Alle erklärten sich mit Paul Austans Vorschlag einverstanden. Dann gingen sie auseinander.

In dieser Nacht tat keiner von ihnen ein Auge zu.

5

Die letzte schlaflose Nacht hatte Abbé Lucien Sève vor seiner Priesterweihe verbracht. Auch jetzt war er so aufgeregt und gespannt wie vor einem großen Ereignis, das Folgen für den Rest des Lebens hat. Seine Vorfreude wurde jedoch etwas von dumpfen Gewissensbissen getrübt, die er nicht abschütteln konnte. Allerdings vermochte er nicht zu sagen, was ihm eigentlich zu schaffen machte, und so entschied er beherzt, sich in aller Form einer Gewissensprüfung zu unterziehen, wie er es schon seit einer Ewigkeit nicht mehr getan hatte.

Ob es Gott dem Herrn wohl mißfiel, wenn einer seiner Diener derart hinter einem Schatz her war? Der Pfarrer beruhigte sich mit dem Gedanken, daß ein Teil des Geldes ja schließlich für die Reparatur des Kirchendachs hergenommen würde. Ob es ungerecht war, Pierre Morin um einen Teil seiner

Beute zu bringen? Gewiß nicht, sagte sich der Abbé. Diesen Schatz hatte die heilige Kirche geduldig über Jahrhunderte hinweg zusammengetragen, und deshalb wäre es moralisch nicht zu vertreten, wenn er binnen weniger Jahre von einer einzigen Person verpraßt würde. Ob es andererseits unmoralisch war, Pierre anzulügen, um ihn zu einem Geständnis zu bewegen? Nein, befand der Pfarrer und besann sich auf sein Theologiestudium, wo man ihn gelehrt hatte, daß es manchmal unerläßlich war, »geschickt« zu taktieren, um etwas Gutes zu bewirken. Schließlich fragte er sich noch, ob es gerecht war, den Schatz zu gleichen Teilen unter Pierre, den Notabeln und ihm selbst aufzuteilen. Genau da liegt das Problem, sagte er sich nach längerem Nachdenken. Es gab nämlich keinen Grund, warum die Notabeln überhaupt etwas abkriegen sollten. Dem Gesetz nach gehörte der Schatz zur Hälfte dem, der ihn entdeckt hatte und gegenwärtig Eigentümer des Ackers war, also Pierre, und zur Hälfte seinem rechtmäßigen Besitzer, ergo der Kirche, deren bescheidener Vertreter er, Lucien Sève, war. Gut, er hatte sich vorübergehend mit den Notabeln eingelassen, um die Sache voranzubringen, aber letztlich war er nicht verpflichtet, mit diesen Ungläubigen weiterhin gemeinsame Sache zu machen. Er müßte also nur tagsüber unter vier Augen mit Pierre reden, um dessen Geheimnis in Erfahrung zu bringen, den jungen Mann sodann vor der abendlichen Zusammenkunft warnen und den Schatz mit ihm teilen. Diese Lösung hatte allerdings einen Haken: Er würde das ganze Dorf gegen sich aufbringen. Andererseits, sagte er sich, würde es der Erzbischof bestimmt nicht versäumen, einem so mustergültigen Pfarrer gebührend zu danken, und ihn sicherlich in die Stadt versetzen. Vielleicht würde er sogar zum Kaplan der Kathedrale ernannt, was eine angemessene Belohnung für einen solchen Dienst darstellen würde. Dieser Gedanke brachte ihm zwar nicht den ersehnten Schlaf, wohl aber einen gewissen Seelenfrieden.

Gleich nach der Messe und dem Frühstück wollte er Pierre auf dem Steinacker aufsuchen. Gewöhnlich hielt sich der junge Mann bis etwa acht Uhr morgens dort auf und ging dann zur Feldarbeit. Im Unterschied zu den Gemeindemitgliedern war der Abbé seit geraumer Zeit nicht mehr dort gewesen, genaugenommen seit der Nacht, in der sie Pierre verletzt aufgefunden hatten, und die lag nun auf den Tag genau ein Jahr zurück. Was für ein frappierender Zufall! Den Rosenkranz betend, bog er oberhalb des Dorfes in den Pfad ein, der in das wilde kleine Tal führte. Am Ende des Weges ragte der Palisadenzaun auf, der den Zugang zum Acker versperrte. Ihn zu umgehen war in der Tat schwierig, da er an einem von Dornengestrüpp und dichtem Gehölz bewachsenen Abhang entlangführte. Der Abbé drückte das Tor auf, das nicht verschlossen war, und erblickte in etwa fünfzig Metern Entfernung die mächtige Eiche sowie Pierres Hütte.

Zu seinem großen Leidwesen traf er den jungen Mann jedoch nicht an, und er befürchtete schon, daß er den weiten Weg umsonst auf sich genommen hatte. Er drehte sich um und suchte mit den Augen den Weinberg ab, der sanft zu dem von Bäumen gesäumten Fluß abfiel. Vielleicht wusch sich Pierre gerade unten am Wasser, überlegte er. Also ging er das brachliegende Feld hinunter, wobei er mit einer Hand Gestrüpp beiseite schob und mit der anderen die Soutane anhob. Am Hügelgrab kam ihm die Idee, auf die Felsbrocken zu klettern, um sich einen besseren Überblick zu verschaffen. Überrascht stellte er fest, wie dicht der Wald zu beiden Seiten des Flusses war, flußaufwärts wie -abwärts. Der Kaplan hätte den Schatz also seinerzeit unter jedem x-beliebigen Baum verscharren können. Da erblickte er Pierre am Ufer, doch seine Freude verflog rasch, denn der junge Mann war nicht allein. Von weitem glaubte er die Gestalt einer Frau zu erkennen. Plötzlich sah er, daß sie beide nackt waren und wie Kinder im Wasser herumplantschten.

Zum ersten Mal, seit er seine Hütte auf dem Steinacker bezogen hatte, war Pierre damit einverstanden gewesen, daß Lisa über Nacht bei ihm blieb. Allerdings hatte er ihr eine seltsame Bedingung gestellt: Er hatte ihr angekündigt, daß er am nächsten Morgen bei Tagesanbruch ungefähr für eine Stunde weggehen würde, und ihr das Versprechen abgenommen, bis zu seiner Rückkehr in der Hütte zu bleiben. Lisa hatte nichts dagegen gehabt. Sie war überglücklich, daß sie endlich eine Nacht mit ihrem Freund verbringen würde, und deshalb versprach sie es ihm, ohne eine Erklärung zu verlangen. Erst lagen sie lange Hand in Hand im Gras und betrachteten den Sternenhimmel. Mitten in der Nacht zogen sie sich dann in die Hütte zurück, um ein paar Stunden zu schlafen.

Im ersten Licht der Morgendämmerung sprang Pierre auf. Er schlüpfte in Hose, Hemd und Schuhe, vergewisserte sich, daß Lisa tief und fest schlief, und verließ leise die Hütte. Die junge Frau hatte sich jedoch nur schlafend gestellt. Kurz nachdem Pierre gegangen war, wickelte sie sich in eine Decke und warf einen Blick nach draußen. Sie erkannte die schattenhafte Gestalt des jungen Mannes, der über den Acker hinunter zum Fluß lief und sich dort, wie ihr schien, unter die große Trauerweide setzte. Was genau er dort tat, konnte sie nicht sehen. Sie vermutete, daß er den Schatz aus seinem Versteck holte, und starb vor Lust, sich näher heranzupirschen, aber sie hatte zu große Angst, daß er sie entdeckte. Also ging sie wieder in die Hütte. Als die Sonne bereits am Himmel stand, kehrte Pierre zurück und schmiegte sich an seine Freundin. Sie staunte über das sonderbare Leuchten in seinen Augen und fragte sich, was für märchenhafte Juwelen er sich wohl angesehen hatte.

Der Unmut des Abbé wuchs noch, als er die Körper der beiden Liebenden besser erkennen konnte, weil sie aus dem Fluß stiegen, um in der Sonne zu trocknen. Den Rosenkranz doppelt so schnell betend, ging er wieder hinauf zur Hütte und wartete auf ihre Rückkehr. Lisa war fassungslos, als sie wenig später ihrem Beichtvater in die Arme lief. Sie wurde knallrot. Noch bevor sie den Mund öffnen konnten, stürzte sich der Abbé auf Pierre: »Ich muß dich in einer äußerst wichtigen Angelegenheit sprechen«, sagte er zu ihm und zog ihn beiseite.

»Wann?«

»Sofort.«

»Sofort? Aber ich muß zur Feldarbeit ...«

»Die Feldarbeit kann warten. Schick die Bürgermeisterstochter nach Hause und laß uns hier miteinander reden. Was ich dir zu sagen habe, ist von größter Bedeutung.«

Der autoritäre Ton des Pfarrers machte Eindruck auf Pierre. Er brachte Lisa zum Tor. Sie sagte sich, daß der Abbé bestimmt gekommen war, um Pierre wegen ihres Techtelmechtels eine Moralpredigt zu halten, und deshalb ging sie nur zu gern ins Dorf zurück. Kaum war Pierre wieder da, blickte ihm Abbé tief in die Augen und sagte: »Ich weiß alles.«

Pierre ging davon aus, daß er seine Liebesgeschichte mit Lisa meinte.

»Ach«, sagte der junge Mann nur. Er fühlte sich ein wenig unbehaglich.

Von diesem halben Geständnis ermutigt, fuhr der Abbé fort: »Ich kann dir haarklein aufzählen, was du alles entdeckt hast.«

Im ersten Moment dachte Pierre, er meine damit Lisas verborgenste Reize, doch dann sagte er sich, daß sie unmöglich mit dem Abbé geschlafen haben konnte.

»Wovon reden Sie eigentlich?« fragte er verdutzt.

»Du weißt ganz genau, wovon ich rede. Und stell dir vor: Was du entdeckt hast, gehört der Kirche.«

Jetzt stand für Pierre endgültig fest, daß der Abbé etwas völlig anderes meinte.

»Sagen Sie mir endlich, wovon Sie reden!«

Wie beabsichtigt, erzählte ihm der Abbé von seinem Besuch im Erzbistum. Er beschrieb ihm den Schatz bis ins Detail, ohne auch nur ein Schmuckstück auszulassen, und schlug ihm anschließend vor, halbe-halbe zu machen. Mit nachdenklicher Miene hörte Pierre dem Pfarrer schweigend zu. Dann sagte er schlicht und einfach: »Ich weiß, Sie sind alle davon überzeugt, daß ich einen Schatz gefunden habe, aber das stimmt nicht.«

Soviel Dreistigkeit verschlug dem Abbé die Sprache.

»Aber ich sage dir doch, daß ich genauestens im

Bild bin!« rief der Geistliche außer sich. »Ich habe die Aufzeichnungen im Erzbistum mit eigenen Augen gesehen.«

»Das glaube ich Ihnen ja«, antwortete Pierre ruhig, »aber ich habe mit dem Schatz aus der Kathedrale nichts zu tun.«

Der Pfarrer war mit seinem Latein am Ende. Entweder der junge Mann war ein begnadeter Lügner, oder die Geschichte war ausgemachter Unfug.

»Warum hast du wohl das Haus gegen den Acker eingetauscht? Doch nur, weil du den Schatz aus der Kathedrale gefunden hast! Und warum verwehrst du jedem den Zugang und verbringst jede Nacht hier? Weil du ihn bewachen willst!«

»Ich habe ein Geheimnis«, räumte Pierre ein, »aber das hat nichts mit dieser Geschichte von dem Schatz zu tun.«

Der Abbé hob die Arme zum Himmel.

»Mein Gott! Hör mir zu«, sagte er, um Fassung ringend. »Die Notabeln wissen über alles Bescheid. Ich werde ihnen sagen, daß ich mit dir gesprochen habe und daß du dich weigerst, alles zuzugeben. Erzähl ihnen bloß nicht, daß ich dir einen Handel nur zwischen uns beiden vorgeschlagen habe. Sag ihnen nichts anderes, als du mir gesagt hast. Aber eins solltest du wissen: Sie werden vor keinem Mittel zurückschrecken, um die Wahrheit herauszukriegen. Überleg es dir also gut. Dem Gesetz nach gehört das Geld zur Hälfte dir und zur Hälfte der Kirche.

Tu nichts Unrechtmäßiges, denn sonst schnappen dich früher oder später die Gendarmen und stecken dich ins Gefängnis. Und von der göttlichen Gerechtigkeit will ich erst gar nicht reden: Sie holt dich überall ein. Also vertrau mir dein Geheimnis lieber an, solange noch Zeit ist.«

Doch Pierre hüllte sich in Schweigen. Schäumend vor Wut, verließ der Abbé den Steinacker und begab sich geradewegs ins Café, in dem einige seiner Komplizen beisammensaßen. Er tischte ihnen seine Version der Begegnung auf, behauptete, Pierre habe sich geweigert, abends in Pfarrhaus zu kommen, und als der junge Mann mißtrauisch geworden sei, habe er vorzeitig Teil zwei ihres Plans anwenden müssen, allerdings ohne Erfolg, weil Pierre alles bestritten habe und nicht über den Schatz habe reden wollen. Die anderen waren maßlos enttäuscht und wußten nicht, über wen sie sich mehr ärgern sollten: über Pierre oder den Abbé, der ihre schöne Strategie verpfuscht hatte. Der Abbé schützte einen Krankenbesuch vor und verdrückte sich. Also richtete sich der Groll der Männer allein gegen Pierre, und sie faßten einen folgenschweren Entschluß: Noch an diesem Abend wollten sie sich heimlich zum Steinacker aufmachen, und dann würden sie schon sehen, ob der Sohn der Witwe weiterhin alles abstritt.

6

Pünktlich um Mitternacht machen sich Honoré Fontin, Paul Austan, Jacques Farnet, Firmin Jouan, Augustin Fouque und Isidore Lambert unauffällig auf den Weg zum Steinacker. Pierre ist allein in seiner Hütte. Er schläft. Sie rütteln ihn wach, zünden eine Laterne an und schauen ihm ins Gesicht. Pierre erinnert sich mit Schrecken an die Worte des Abbé, doch er beschließt, den Männern die Stirn zu bieten.

»Was treiben Sie sich um diese Uhrzeit wie Banditen hier herum?«

»Holla! Immer mit der Ruhe, junger Freund«, erwidert Honoré Fontin. »Weißt du, wir sind gekommen, um ein paar gute Flaschen mit dir zu köpfen.«

Pierre bemerkt, daß jeder von ihnen eine Flasche billigen Fusel mitgebracht hat.

»Mir ist aber nicht nach Anstoßen zumute. Was wollen Sie von mir?«

»Nun hab dich doch nicht gleich so, mein Freund«, fährt der Bürgermeister mit aufgesetzter Herzlichkeit fort. »Wir werden jetzt in aller Ruhe über einen Schatz plaudern, den du hier im vergangenen Sommer entdeckt hast. Der Abbé hat dir ja schon gesagt, daß wir genau wissen, woher der Fund kommt. Und bestimmt hat er dir auch gesagt, daß du ihn zurückgeben mußt, weil er dir nicht gehört. Deshalb sind wir gekommen, um dir in aller Freundlichkeit anzubieten, den Schatz im Austausch gegen unsere Verschwiegenheit zu teilen. Du siehst, es gibt keinen Grund, sich aufzuregen.«

»Ich habe schon zum Abbé gesagt, daß ich mit dieser Schatzgeschichte nichts zu tun habe. Sie sind alle davon überzeugt, daß ich ein Vermögen entdeckt habe, nur weil ich diesen Ort hier über alles liebe. Aber Sie täuschen sich in mir. Geld bedeutet mir nichts.«

»Natürlich nicht«, spottet der Cafébesitzer. »Du hast ein mit wertvollen Möbeln eingerichtetes Haus verscherbelt, nur um jeden Abend die Sonne über diesem Steinhaufen hier untergehen zu sehen.«

Pierre schlägt die Augen nieder und schweigt.

»Du hältst uns wohl für Dummköpfe, was?« braust der Straßenwärter auf.

Um zu verhindern, daß sich die Lage zuspitzt, schaltet sich der Lehrer ein.

»Komm schon, Pierre, es bringt nichts, uns noch länger anzulügen. Ich verspreche dir, daß wir den

Schatz gerecht teilen und du dir die schönsten Schmuckstücke aussuchen darfst.«

»Ich habe kein einziges Goldstück und auch sonst nichts von Wert gefunden.«

»Was hast du dann entdeckt? Was ist in deinen Augen so kostbar?« hakt der Lehrer vorsichtig nach.

Pierres Miene ist wie versteinert.

»Das kann ich Ihnen nicht sagen.«

»Was kann wertvoller sein als ein prachtvolles Haus und zwölf Hektar Land?« ruft der Cafébesitzer hitzig.

Wieder läßt Pierre schweigend den Kopf hängen. Den Männern ist klar, daß er nichts mehr sagen wird. Da holt der Straßenwärter ein Seil hervor und schnürt Pierre an einem Balken der Hütte fest. Der junge Mann leistet keinen Widerstand. Der Bürgermeister entkorkt eine Flasche und macht sich daran, Pierre den Inhalt in den Mund zu gießen, während der Schmied und der Cafébesitzer seinen Kopf nach hinten biegen und ihm die Nasenlöcher zuhalten. Pierre begreift, daß sie ihn betrunken machen wollen, um ihn zum Reden zu bringen. In seiner Verzweiflung stößt er einen so markerschütternden Schrei aus, daß alle erstarrt innehalten.

Dann brüllt er sie an: »Ihr denkt doch alle nur ans Geld! Ihr würdet sogar eure Töchter verkaufen! Der Mammon ist der einzige Gott, den ihr anbetet! Laßt mich mit meinem Geheimnis in Frieden leben. Es bringt euch nicht einen Centime.«

Bei diesen Worten kommt der Lehrer ins Wanken, und er beginnt erneut an der Existenz des Schatzes zu zweifeln. Das entgeht dem Bürgermeister nicht. Er feuert seine Leute an: »Los, machen wir weiter, damit wir endlich erfahren, was uns dieser Lump verschweigt.«

Die Kumpane nehmen ihr übles Tun wieder auf.

Bei der zweiten gewaltsam eingeflößten Flasche Wein stellen sich bei Pierre erste Anzeichen von Trunkenheit ein. Wieder befragen die Männer ihn, und er stammelt ein paar unverständliche Sätze. Doch dann sagt er etwas deutlicher: »Ich werde euch nie sagen … daß sich mein Schatz zu Füßen der großen Trauerweide befindet … und daß ich ihn jeden Morgen sehe …«

Mehr wollten die Dorfbewohner nicht hören. Sie lassen Pierre gefesselt zurück, holen die Schaufeln und Hacken, die sie am Tor abgelegt hatten, und gehen hinunter zum Fluß. An der großen Trauerweide angekommen, machen sie sich sofort an die Arbeit.

Nach drei Stunden verbissener Anstrengungen ist es ihnen gelungen, den jahrhundertealten Baum zu entwurzeln und ein Loch von mehr als einem Meter Tiefe und sechs oder sieben Metern Durchmesser zu graben. Doch zu ihrer großen Verzweiflung ist von einem Schatz nicht das geringste zu sehen.

»Und wenn er uns wieder einen Bären aufgebunden hat?« fragt der Schmied und wischt sich die schweißtriefende Stirn ab.

»Er war bestimmt nicht klar bei Verstand, als er von einem Schatz unter der Trauerweide gesprochen hat«, meint der Lehrer, der genauso entmutigt ist wie die anderen.

Er hat seinen Satz noch nicht zu Ende gesprochen, da sehen sie Pierre den Hang herunterstolpern.

Nachdem er seinen Rausch ausgeschlafen hatte, war er auf seinem Lager erwacht. Die Stumme klatschte ihm auf die Wangen, damit er rascher zu sich kam. Als er seine erste Verblüffung überwunden hatte, begriff er, daß ihn das Mädchen losgebunden und zur Strohmatte geführt haben mußte. Aus ihren Augen sprach große Angst, und sie zeigte mit dem Finger in Richtung Fluß. Pierre sprang auf und stürmte aus der Hütte. Bald würde der Tag anbrechen. Wie so oft um diese Zeit hing im Tal dichter Nebel. Noch immer schwankend, eilte er den Hang hinunter.

Als er die Dorfbewohner erreicht, bleibt er abrupt stehen. Fassungslos betrachtet er den am Boden liegenden Baum. Dann stürzt er sich schreiend auf den Bürgermeister: »Was haben Sie getan? Was haben Sie getan? Sie sind ja verrückt!«

»Wenn hier einer verrückt ist, dann du. Es sei

denn, du lügst wie gedruckt!« tobt Honoré Fontin, packt den jungen Mann und schüttelt ihn kräftig. »Wo ist der Schatz, du kleiner Halunke? Na? Mit unseren Töchtern willst du schlafen und das Gold ganz allein für dich behalten!«

Da greift der Cafébesitzer ein und packt Pierre am Schlafittchen.

»Stimmt, du hast sie gern betatscht, unsere Pauline. Und dann die Hütte ... Du warst ganz schön froh, daß ich sie dir gebaut habe, damit du deinen Schatz bewachen kannst. Weißt du überhaupt, was sie mich gekostet hat? Na? Nein, das ist dir schnurzegal! Jetzt spuck schon die Wahrheit aus!«

Die Stumme, die Pierre gefolgt ist, kann nicht länger an sich halten: Sie stürzt sich auf den Mann und beißt ihm fest in den Arm. Der Cafébesitzer stößt einen entsetzlichen Schrei aus, aber schließlich gelingt es dem Schmied und dem Wachtmeister mit vereinten Kräften, das rasende Mädchen zu bändigen.

»Wo kommt denn die her?« ruft der Bürgermeister erstaunt.

»Sie folgt dem Sohn der Witwe wie ein Schatten. Würde mich nicht wundern, wenn sie wüßte, wo der Schatz versteckt ist«, antwortet der Schmied, während er das Gesicht der Stummen auf den Boden drückt.

»Schade, daß sie nicht spricht, sonst hätte ich mir einen Spaß daraus gemacht, es aus ihr herauszukitzeln«, verkündet der Wachtmeister und hebt mit dem Hackenstiel den Rock des Mädchens hoch.

»Lassen Sie sie in Ruhe«, fährt ihn der Lehrer an, der befürchtet, daß die Situation eskalieren könnte. »Von ihr erfahren wir sowieso nichts. Und du, halt sie gut fest«, sagt er, zum Schmied gewandt. Dann flüstert er Pierre zu: »Pierre, es ist an der Zeit, uns die Wahrheit zu sagen. Du siehst ja selbst, daß es sonst ein schlimmes Ende nimmt ...«

»Es gibt keinen Schatz ...«, stottert Pierre.

Außer sich vor Zorn geht der Bürgermeister auf ihn los und versetzt ihm einen so kräftigen Stoß, daß Pierre gut zwei Meter rückwärts taumelt und der Länge nach hinschlägt. Der Lehrer stürzt sich auf Honoré Fontin.

»Das reicht! Sie sind wohl verrückt geworden! Lassen Sie uns jetzt verschwinden.«

»Mein Gott, seht mal, wir haben ihn umgebracht«, ruft der Schmied und zeigt mit dem Finger auf den leblosen Körper.

Beim Sturz hat sich Pierre den Kopf an einem Stein aufgeschlagen. Aus der Wunde und aus seinen Nasenlöchern sickert ein rotes Rinnsal. Stumm stehen die sechs Männer da und starren Pierres regloses Gesicht an. Auch die Natur scheint schlagartig verstummt zu sein.

Der Morgen dämmert.

Im Nebel ertönt ein eigentümliches Geheul. Alle erstarren vor Schreck. Sie hören Zweige knacken und spüren, daß irgendein rätselhaftes Wesen auf sie zukommt. Am liebsten hätten sie Hals über Kopf das Weite gesucht, aber sie bleiben wie angewurzelt stehen. Zu dem Knacken kommt nun ein dumpfes Grollen hinzu, das ihre Furcht noch verstärkt. Der Nebel ist noch immer so dicht, daß sie nicht erkennen können, was da Seltsames unaufhaltsam näher kommt. »Mein Gott«, entfährt es leise dem Straßenwärter, der nicht weiß, wie er die Angst abschütteln soll, die sich in seine Eingeweide krallt. »Seht mal da!« ruft plötzlich Honoré Fontin. »Da sind Lichter.«

Etwa zwanzig Meter vor ihnen, auf der anderen Seite des Flusses, sehen sie ein knappes Dutzend kleiner gelber Lichter auf sie zukommen. Vor Schreck weichen die Männer zurück. »Das sind Augen ... Man könnte meinen, es sind die Augen von ...« Ein neuerliches Heulen, das den Dorfbewohnern das Blut in den Adern gefrieren läßt, unterbricht Firmin Jouan. Es ist das Heulen eines Tieres, das sich den Menschen tief ins Gedächtnis eingegraben hat. »Wölfe!« ruft der Cafébesitzer mit versteinertem Gesicht.

Im hellen Licht des anbrechenden Tags erkennen die Männer nun die Umrisse von vier oder fünf Wölfen, die sich ihnen mit gefletschten Zähnen langsam nähern. »Wölfe? Hier? Unmöglich«, versucht sich der Lehrer zu beruhigen, der bislang geglaubt hat, daß die letzten Exemplare in dieser

Gegend bereits vor fünfzig Jahren ausgerottet wurden.

Das Rudel rückt näher und näher. Jetzt können die Männer klar und deutlich die leuchtendgelben Augen der Bestien erkennen, die so aussehen, als wollten sie sich gleich auf sie stürzen. »Zurück!« brüllt der Bürgermeister und schwenkt eine Schaufel, was die Wölfe kurz innehalten läßt. Da kommen die Dörfler zur Besinnung: Jeder greift sich ein Werkzeug, und sie treten langsam den Rückzug an. In sicherer Entfernung nehmen sie die Beine in die Hand und überlassen Pierre und die Stumme den Wölfen.

Nach ein paar Hundert Metern hören sie eines der Tiere einen wilden Schrei, eine Art Todesgeheul, ausstoßen, in das die anderen Artgenossen einstimmen. Plötzlich befallen Paul Austan quälende Gewissensbisse. »Nein«, sagt er sich, »wir können nicht zulassen, daß diese Kinder von den Bestien zerfleischt werden.« Er überwindet seine Angst, umklammert eine Hacke und macht kehrt. Kurz darauf bleibt er abrupt fünfzig Meter von Pierres reglosem Körper entfernt stehen. Atemlos und voller Entsetzen beobachtet er, wie sich das Rudel dem jungen Mann und der Stummen, die sich nicht vom Fleck rührt, bis auf wenige Schritte nähert. Angeführt wird es offenbar von einer prachtvollen grauen Wölfin.

Die Wölfin steuert nun ganz allein auf Pierre zu,

der in einer Blutlache auf dem Boden liegt. Das kleine Mädchen beachtet sie nicht weiter. Sie beschnüffelt ihn und macht sich dann daran, behutsam seine Wunden zu lecken. Die anderen Wölfe umringen Pierre und das Mädchen und behalten die Umgebung im Auge, als wollten sie sichergehen, daß die Dörfler nicht zurückkehren, um ihren beiden Freunden etwas anzutun.

Da schließlich geht dem Lehrer das Herz auf. Zwei dicke Tränen laufen über seine zerfurchten Wangen.

»Der Mensch ist des Menschen Wolf ...«, sagt er leise zu sich selbst.

7

Die weit aufgerissenen Augen auf die Baumwipfel gerichtet, ist Pierre in einen Zustand zwischen Wachsein und Ohnmacht versunken. Während die Wölfin gemächlich seine Wunde leckt, durchlebt er noch einmal wie im Traum die erste Nacht, die er vor genau einem Jahr auf dem Steinacker verbrachte und mit der alles begann. Er sieht, wie er über einen Baumstumpf stolperte, als er zum Fluß hinunterlief, und wie er das Bewußtsein verlor. Er erinnert sich, wie er aufwachte, als die ersten Sonnenstrahlen sein Gesicht liebkosten. Was er dann erblickte, berührte ihn in seinem Innersten: Der Nebel lichtete sich, und er sah, wie etwa dreißig Meter von ihm entfernt, gleich neben der alten Trauerweide, eine Wölfin mit ihren drei Jungen im Wasser herumtollte.

Er hatte so manches über die Grausamkeit von Wölfen gehört. Deshalb befahl ihm sein Verstand, so schnell wie möglich die Flucht zu ergreifen. Doch sein Herz sagte ihm, daß er nichts zu befürchten hatte von den kleinen Tieren, die sich kläffend im milden Licht der Morgendämmerung vergnügten.

Eine Stunde lag er da, ohne sich zu rühren. Nachdem sie sich ausgiebig abgeleckt hatten, verschwanden die Wölfe wieder im Wald auf der anderen Seite des Flusses. Pierre blieb wie berauscht zurück und fragte sich, ob er das alles nur geträumt hatte.

Am nächsten Morgen, bei Tagesanbruch, kamen die Wölfe wieder. Pierre spürte, daß er am ganzen Leib zitterte. Ein Freudentaumel erfaßte ihn. Von da an gab es für ihn nichts Kostbareres, als die wilden Tiere bei ihrem Ritual zu beobachten. Sein Denken setzte aus, und er wurde von einem unbeschreiblichen Glücksgefühl durchflutet. In diesem Gemütszustand befand er sich noch, als man ihn am Abend des zweiten Tages entdeckte. Später fand er heraus – wobei er überaus vorsichtig war, damit die Tiere ihn nicht bemerkten –, daß die Wölfe Tag für Tag im Morgengrauen auftauchten, um im Fluß zu trinken und zu spielen.

Ihm war klar, daß er seine Entdeckung um jeden Preis vor den Dorfbewohnern verbergen mußte, weil diese aus lauter Angst sofort losziehen würden, um die Wölfe zu töten. Deshalb beschloß er, den Acker zu kaufen, damit keiner die Wölfe zu Gesicht bekam, und er hütete sein Geheimnis eifersüchtig wie einen Schatz. Er wußte jedoch, daß ein Mensch es mit ihm teilte: die Stumme. Die Kleine hatte die Szene am Morgen des 8. August miterlebt, und Pierre begriff, daß sie schon vor ihm von der Existenz der Wölfe gewußt hatte.

Während die Monate vergingen, konnte er einfach nicht dem Drang widerstehen, sich näher an das Rudel heranzupirschen. Eines Tages sah er, wie die Wölfin sich umdrehte, als ihre Jungen bereits wieder im Wald verschwunden waren. Sie blickte genau in seine Richtung. Er konnte sogar ihre gelben Augen erkennen. Sie schien zu ihm zu sagen: »Vom ersten Tag an habe ich gespürt, daß du da bist. Aber ich habe keine Angst. Ich weiß, daß du unser Freund bist. Auch du sollst wissen, daß du von uns nichts zu befürchten hast.« Dann entfernte sie sich langsam. Am nächsten Tag gab sich Pierre keine Mühe mehr, sich zu verstecken. Er setzte sich rund zwanzig Meter von der alten Weide entfernt an die Uferböschung. Die Wölfin erschien, musterte ihn kurz und ließ ihre Jungen dann an den Fluß. Als sie Pierre bemerkten, erstarrten sie, doch die Unbefangenheit ihrer Mutter beruhigte sie, und schon bald hatten sie sich an die Gegenwart des jungen Mannes und der Stummen gewöhnt.

Pierre behielt diesen Abstand zu den Wölfen bei und versuchte nicht, sich ihnen noch mehr zu nähern. Es genügte ihm, sie zu beobachten und sich durch Blicke mit ihnen zu verständigen.

Die Jungwölfe wuchsen rasch und ließen sich immer seltener am Fluß blicken. Nachdem Pierre den Acker erworben hatte, setzte er sich jeden Tag im Morgengrauen unter die Trauerweide und hoffte, daß seine Freunde auftauchten. Sein Herz machte jedesmal einen Hüpfer, wenn er sie aus dem Wald heraustrotten sah.

Paul Austan, der jäh innegehalten hat, wird nun alles klar. Er macht sich schreckliche Vorwürfe, weil er der Geschichte von dem Schatz Glauben geschenkt hat, und er hofft von ganzem Herzen, daß Pierre überlebt. Obwohl er gern näher herantreten würde, beschließt er, zu warten, bis sich die Tiere verziehen.

Allmählich kommt Pierre wieder zu sich und bemerkt die Wölfe an seiner Seite. Sein Körper schmerzt nicht mehr. Er hört in der Ferne das Zwitschern der Amseln und spürt den warmen Atem der Wölfin. Da tritt die Stumme zu ihm und umfaßt mit den Händen den Kopf ihres Freundes. Das Tier nachahmend, leckt sie das Blut ab, das aus der Wunde an seinem Kopf sickert und über sein Gesicht rinnt.

Der junge Mann spürt, wie ihn tiefe Freude durchströmt. Er fühlt sich eins mit all denen, die er liebt: mit dem Mädchen, den Wölfen, der Sonne, die seinen Körper liebkost, den Vögeln, die nun wieder ihren schönsten Gesang anstimmen. Wohlig überläßt er sich diesem erfüllenden Gefühl.

Da durchzuckt ihn ein Gedanke. Mit größter Mühe gelingt es ihm, den Mund zu öffnen und ein paar Worte zu dem Mädchen zu sagen: »... In der Strohmatte in meiner Hütte findest du einen goldenen Ring ... Nimm ihn an dich ... Vielleicht ermöglicht er es dir, eines Tages von hier fortzugehen ...«

Pierre muß husten, und plötzlich ist der Schmerz wieder da. Die Wölfe haben sich auf das andere Flußufer zurückgezogen, als wollten sie die innige Zweisamkeit der beiden Freunde nicht stören. Als sich der junge Mann in den Armen der Stummen aufrichtet, bemerkt er verblüfft ihre wilde Schönheit und ihre durchdringenden gelbgrünen Augen. Er ist sich sicher, daß sie sich mit ihren Freunden verständigen und sie vom Dorf fortführen wird.

Da spürt er, wie das Leben aus ihm weicht, und er macht einen letzten quälenden Versuch zu sprechen.

»Man nennt dich immer nur ›die Stumme‹ ... Aber du hast doch bestimmt einen Namen ...«

Die Kleine beginnt zu zittern. Die Ereignisse in ihrer Kindheit haben ihr so zugesetzt, daß sie damals beschlossen hat, sogar ihren Vornamen zu vergessen. Sie läßt den Blick durch die Gegend schweifen, als suche sie nach einem Wort, das etwas über sie sagen könnte. Ihre Augen bleiben an der kleinen Gruppe von Wölfen hängen. Sie hebt die Hand und zeigt mit dem Finger auf sie. Zum ersten Mal seit fünf Jahren entweicht ihrem Mund ein Laut: »Wölfin.«

Pierre lächelt. Dann überläßt er sich wieder dem Gefühl von Frieden und Eintracht, das seinen Geist zu anderen Ufern zu entführen scheint. Zum letzten Mal sieht er die sich im Wind wiegenden Wipfel der Bäume. Er genießt die warmen Hände der »Wölfin« auf seinen Wangen. Auch den Hochzeitsgesang einer Meise hört er noch. Schließlich, ganz sacht, verläßt ihn seine Seele.

Die »Wölfin« drückt ihn fest an ihr Herz und sieht mit an, wie sein Blut langsam aus ihm herausfließt, um sich mit dem Wasser des Bachs, eines großen Flusses, eines mächtigen Stroms und der endlosen Ozeane zu vereinen.

PIPER

Dai Sijie

Balzac und die kleine chinesische Schneiderin

Roman. Aus dem Französischen von Giò Waeckerlin Induni. 200 Seiten. Gebunden

Sie hat einen dicken schwarzen Zopf, zwei hinreißende Schühchen aus rosafarbener Seide und das zauberhafteste Lächeln, das man sich vorstellen kann: die Kleine Schneiderin aus dem abgelegenen Bergdorf, in die sich der junge Luo gleich beim ersten Anblick verliebt. Er und sein Freund, zwei Studenten, die zur »kulturellen Umerziehung« hierher ans Ende der Welt verschickt wurden, merken bald, daß sie nur eine einzige Möglichkeit haben, ihre Haut zu retten: Sie müssen in den Besitz jenes wunderbaren Lederkoffers gelangen, der die – verbotenen – Meisterwerke der westlichen Weltliteratur enthält. Denn nur aus Balzac und Stendhal, aus Dostojewski und Dumas können sie die Lebensenergie und den Esprit schöpfen, die sie brauchen, um den Widrigkeiten ihres Daseins – und der Willkür des Dorfältesten Paroli zu bieten. Und vielleicht können sie am Ende sogar das Herz der Schneiderin gewinnen.

01/1026/01/R

PIPER

Alvaro Escobar-Molina

Der schlafende Berg

Roman. Aus dem Französischen von Elsbeth Ranke. Mit einem Nachwort von Antoine Audouard. 155 Seiten. Gebunden

»Papa flüstert mir zu: Du bist ein Kolibri. Der kleine Kolibri kreist um die Blume, um das Blatt, und schnell verschwindet er wieder. Mit einem Flügelschlag durchmißt er den Raum zwischen den Kaffeesträuchern, den Bananenstauden, er fliegt über die Hügel und die Berggipfel. Du bist wie er. Dich kann man nicht einfangen, stimmt's? Du bist scheu.«
Alvaro ist scheu, er ist fünf Jahre alt und lebt in seiner eigenen Welt, in einem Dorf in den Anden, in einem Haus mit vielen Zimmern und einem nach Orangen duftenden Patio. Er wartet auf den Besuch des Großvaters, der ihm das Sternbild seines Lebens erklärt, er belauscht die Tante, wie sie seinen Schwestern das Geheimnis der Wörter nahebringt, er gruselt sich vor der Erzählung der Tränenfrau. Alvaro ist weise wie nur Kinder es sein können. Und als die Cordillera grollend erwacht, hat er eine schreckliche Vorahnung vom Verlust der ihm vertrauten Welt ...

01/1238/01/L

PIPER

Sergio Bambaren

Der Traum des Leuchtturmwärters

Ein Ort für Deine Sehnsüchte. Aus dem Englischen von Gaby Wurster. Mit 10 farbigen Illustrationen von Heinke Both. 120 Seiten. Serie Piper

Als Martin auf einer seiner Reisen der zauberhaften Paola begegnet, weiß er, daß sie die Frau ist, auf die er so lange gewartet hat. Auch für Paola ist es Liebe auf den ersten Blick. Gemeinsam suchen sie nach einem Ort für ihre Sehnsüchte, nach einem Platz, der nur ihnen beiden gehört. An der paradiesischen Küste Chiles entdecken Sie die ideale Stelle: in der Nähe eines alten Leuchtturms mit Blick auf die faszinierenden Stimmungen des Meeres. So verlassen die Idylle auch wirkt – es gibt noch jemanden, der hier einst sein Glück gefunden hat, der vor langer Zeit Herr über den ehemals so stattlichen Leuchtturm, über Schiffe und Gezeiten war, der die Liebe seines Lebens traf und wieder verlor ...

Sergio Bambarens Buch ist eine berührende Geschichte über den Mut, den man braucht, um seine eigenen Träume wahr zu machen – und zu erkennen, daß es die ganz große Liebe nur einmal im Leben gibt.

01/1006/01/R